Erzählungen | Skarabæus

Was Barbara Aschenwald zwischen einfachen Wort- und Satzfolgen für den Leser hinterlegt, geht weit über den Inhalt des Gesagten hinaus. Ihre im wahrsten Sinne mitreißenden Prosastücke erzählen von Schönheit und Verzweiflung des Menschen, von Liebe und Zerstörung, vom Kaputtmachen und Lebenlassen – gewichtige Themen, die Aschenwald im Leser jedoch sanft zum Schwingen bringt, anstatt ihn damit zu erdrücken. Von den Straßen und Städten wandert die Erzählerin wachen Blickes bis hinauf in uralte Gebirgsgegenden. Auf ihrem Weg begegnet sie Fremden und Bekannten, Familien und Einzelgängern, die in sinnlicher Darstellung aus den Geschichten hervortreten.

Leichten Herzens legt die junge Autorin ein bemerkenswertes Debüt vor. Aschenwalds zutiefst unzynischer Blick sieht in den selbstgemachten Katastrophen unserer Zivilisation nicht nur das Dämonische, sondern auch das Banale. Eine eigentümliche Leichtigkeit macht den speziellen Ton ihrer Prosa aus, der aus den vielen Stimmen zeitgenössischer Literatur angenehm hervorsticht.

Barbara Aschenwald, geboren 1982 in Tirol. Studium der Vergleichenden Literaturwissenschaft in Innsbruck. Verfasst Lyrik, Prosa und Hörspiele. Mitarbeit bei den *Tiroler Volksschauspielen Telfs*. Ausgezeichnet mit dem Rimbaud-Preis (2002).

Barbara Aschenwald

Leichten Herzens

Erzählungen

Skarabæus

Fürchtet euch nicht

Es bewegt sich und lebt aber nicht, es leuchtet und ist nicht die Sonne, es strahlt, es bringt Hitze und Kälte, es erhält am Leben, es tötet, es macht gesund. Es dreht sich, es ist in den Kabeln und Schläuchen und Häusern, in den Wänden, es fliegt zum Mond.

Es geht nichts mehr ohne es.

Wenn man im Bauch eine Entzündung hat, muss man das entzündete Fleisch herausschneiden, sonst stirbt man daran.

Es lässt die Fernseher laufen, die Herz-Lungen-Maschinen, die Laternen, die Telefone, die Backöfen, es lässt die Leinwände bunt werden, es lässt das Wasser warm werden und die Betten, es durchblutet die Herzkranzgefäße, es flattert durch die Lüfte und in den Köpfen.

Kometen, Atome, radioaktive Strahlen, Grippeviren, Weltkrieg, Privatkonkurs, Weltkonkurs, Weltwirtschaftskrise, Weltuntergang, Armageddon.

Wir sind noch da. Die Menschen im Fernsehen sagen, dass es schlimmer wird. Trotzdem sind wir noch da.

Und die Wälder sind da und der Boden unter unseren Füßen ist da und der Himmel über unseren Köpfen und der Hunger und in unseren Augen das Weltmeer.

Es gibt böse Menschen, die Menschen umbringen wollen, weil sie etwas anderes glauben, etwas anderes wollen, zu einem anderen Gott beten, andere Augen haben und eine andere Haut und andere Seelen, sagen sie, sie wollen uns ans Leben, Ihnen und Ihrer Familie auch, wir müssen uns retten, wir müssen sie angreifen.

Diese Menschen lassen die Gebäude einstürzen, die Züge entgleisen, die Häuser in Flammen aufgehen. Die, die keine Angst vor dem Tod haben, sind am gefährlichsten, sie tragen den Sprengstoff in ein Lokal, wo viele Leute sind, und lassen alles explodieren. Sie haben keine Angst.

Hier zünden die Leute den Wald an, sagt eine Frau in Italien, es gibt keine Arbeit, aber wenn sie den Wald anzünden, dann muss man ihn löschen und dann braucht man sie. Dann haben sie wieder Arbeit.

Sie haben uns Medizin angeboten gegen unsichtbare, gefährliche Krankheiten und wir haben sie gekauft.

Sie sagten, man muss in den Krieg ziehen und wir sind in den Krieg gezogen.

Im Fernsehen sieht man die einstürzenden Gebäude, die brennenden Häuser, die sterbenden Kinder, die Eltern, die an ihren Betten stehen.

Es leuchtet und blitzt und zuckt und bewegt sich ruckartig.

In den Zeitungen steht Hungersnot und Tod, Seuchen und Krankheit, Werteverfall und Konkurs.
Das haben Sie noch nie erlebt.
Es ist Armageddon, sagen die Zeitungen.

Man sieht Bilder von Familien, die von der Polizei aus ihren Häusern gezerrt werden. Wir machen das nicht gern, sagen die Polizisten, wenn Sie Ihre Rechnungen bezahlt hätten, wäre das nicht passiert.

Es ist mächtig. Und es ist nicht böse. Es meint nichts.

Ihr Leben ist wertvoll. Versichern Sie es.

Wenn man alles tut, um in die Gnade Gottes zu fallen, verdient man sie dann noch?

Die Sterne auf ihrer Bahn gehen den Weg durch den Tierkreis.

Schützen Sie Ihre Kinder, gehen Sie zur Impfung, sorgen Sie vor, helfen auch Sie, nehmen Sie Anlauf und rennen Sie mit dem Kopf gegen die Tischkante.

Wo ist die Katastrophe außer in der Zeitung und im Fernsehen und in den Köpfen?

Ihr Leben ist wertvoll. Wenn es versichert ist.

In der Apotheke fragt ein junger Mann, ob man denn an der Grippe sterben kann, und die Apothekerin sagt, ja, wenn man dazu veranlagt ist.

Wer ist das eigentlich nicht?

Schützen Sie Ihre Kinder.

Rinderwahnsinn, Maul-und-Klauenseuche, Schweinegrippe, kollektive Verblödung, Vogelgrippe, Fischgrippe, Igelgrippe, ausgestreute Angst wie Samen, die keimen.

Ihr Leben ist wertvoll.

Tief unter der Erde wohnen die Titanen.

Es gibt Leute, die es böse gemeint haben.

Es sind die, die immer gesagt haben, es wäre alles für uns und wegen uns.

Wenn alles für uns und wegen uns ist, ist daran nicht etwas faul?

Es ist nicht wegen des Geldes. Es ist alles wegen Ihnen. Wir haben Sie lieb.

Die Rinde der Bäume wächst nicht wegen uns und trotzdem für uns.

Die Samen werden zu Pflanzen und nicht nur zu immer größeren Samen.

Es wird kein riesiger Samen aus dem wachsenden Samen.

Es wird daraus eine Pflanze. Was für eine, das sieht man nicht unterm Mikroskop und nicht im Teilchenbeschleuniger und nicht an der Oberflächenspannung des Wassers.

Durch den Ultraschall sieht man das Geschlecht des Kindes, noch bevor es auf der Welt ist.

Auf einem Blatt Papier wachsen die einzelnen Buchstaben. In unseren Körpern gibt es Zähne und Knochen wie Steine und Ideen wie Samen und Fleisch wie Erde und Blut wie Wasser und Luft in den Lungen und Feuer zwischen den Rippen.

Eine junge Frau heiratet und bekommt ein Kind. Sie bleibt lange daheim und kümmert sich um das Kind. Wenn sie mit dem Kind im Wagen spazieren geht, hat sie ihre guten Stiefel an und ihre schöne Jacke, weil sie sonst nicht ausgeht. Sie gefällt sich so besser und am Kinderwagen hält sie sich fest, wenn sie auf den hohen Absätzen umknickt.

Es wird ein sehr gut erzogenes und freundliches junges Mädchen aus dem kleinen Kind. Die Mutter sagt, sie wolle jetzt wieder etwas für sich tun. Sie lässt sich die Haare kurz abschneiden und redet von Befreiung und sie kann wieder mehr fortgehen, weil das Kind sie nicht mehr so viel braucht, und sie redet von Selbstentfaltung und sie geht mit ihren Freundinnen zu einem Kurs und sie erzählt ihrem Mann von den Seelen, und dass sie durch viele Körper gehen und sehr oft auf die Welt kommen, und ihr Mann sagt, das sei sehr interessant. Sie sagt, vielleicht bin ich auch schon öfter auf der Welt gewesen und weiß es nur nicht, und er sagt, ja, das ist möglich.

Sie sagt, ich muss jetzt wieder auf mich schauen.

Es gibt Bauern, die Unterstützung bekommen und Förderungen, und wenn sie das Geld, das man ihnen gibt, annehmen, dürfen sie nur mehr die Samen aussäen, die ihnen vorgeschrieben werden, und die müssen sie kaufen. Sie sind steril. Sie kaufen sie jedes Jahr.

Die Welt verhungert, wir brauchen bessere Züchtungen, Erntemaschinen, Turbokühe, genmanipulierte Pflanzen, hybride Sorten, chemische Düngemittel, Herbizide, Pestizide, kontrollierte Bewässerung, Erdäpfel mit eingebautem Glühwürmchen-Gen, die leuchten, wenn sie Wasser brauchen. Das gibt es.

Es gibt auch eifersüchtige Glühwürmchen.

Wie kann man auch in der Zeit der Krise den Leuten etwas verkaufen?, fragen die Unternehmen, weil wir müssen die Krise überstehen und unsere Angestellten bezahlen. Es kommen die Unternehmensberater, sie sagen, wir wissen, wie das geht. Die Sachen, die wir verkaufen wollen, dürfen nicht nur Sachen sein. Sie müssen ein Gefühl sein. Und Ihre Mitarbeiter müssen dem Kunden suggerieren: „Wir haben dich lieb."

Wenn wir wissen, was wir brauchen, muss uns niemand lieb haben.

Sie haben gesagt, wir haben viel Geld verbraucht, mehr als wir haben, viel mehr. Der Staat muss uns jetzt Geld geben, ihr müsst uns helfen.

Sonst wird es noch schlimmer werden.

Eine Frau geht zur Bank und sagt, sie kann ihren Kredit nicht zurückzahlen. Man pfändet ihren Besitz, sie holen alle ihre Sachen ab, sie steht vor ihrem leeren Haus.

Ein Mann leiht sich viel Geld von einer mächtigen und ehrenwerten Gesellschaft.

Er kann es nicht zurückzahlen. Sie brechen in der Nacht in sein Haus ein und bringen ihn und seine Frau um.

Es rauscht durch die Lüfte, es blinkt, es surrt über unseren Köpfen.

Es singt in den Stromleitungen.

Es ist mächtig und es ist nicht gut.

Die Sonne steigt den Himmel hoch.

Oberhalb der Erde bekommen die Pflanzen ihre Formen, die Wurzeln sehen alle gleich aus. Sie haben kein Fell und kein Fleisch und keine Organe.

Es lebt nicht, aber es bewegt sich. Es kommt von unter der Erde.

Wir haben es herausgeholt.

An einem gesunden und glücklichen Menschen kann man nicht verdienen.

Weil er keine Medizin braucht.

Ist das Kapital die Moral?

Wenn die Kunden nichts mehr kaufen, haben wir zu wenig Werbung gemacht, sagen die Unternehmer. Wenn man etwas herstellt, das niemand braucht, und niemand kauft es, dann haben wir zu wenig Werbung dafür gemacht, sagen sie.

Die Dämonen sitzen uns in den Ohren und sagen, gehet hin und shoppet!
Und wir gehen hin, mit Stöpseln in den Ohren, mit Angst, mit viel und wenig Geld, mit kalten Händen und übergehenden Köpfen.

Gehet hin und shoppet.
Ihr Leben ist wertvoll.
Wir haben Sie lieb.

Die junge Mutter hat gesagt, sie muss jetzt wieder mehr auf sich schauen. Sie kauft sich viele Bücher, auf denen steht „Spiritualität" und „Energie" und „Seele". Es geht mir nicht gut, sagt sie, es war jetzt immer sehr viel Arbeit und viel Zeit für das Kind. Ihr Mann sagt, das stimmt, es war wirklich viel Arbeit, aber jetzt ist unsere Tochter groß und ist ein sehr gut erzogenes Mädchen geworden und du kannst wieder etwas für dich tun.
Die junge Mutter wird krank, trübselig und schwach.
Ich weiß jetzt, was ich will, sagt sie nach einiger Zeit zu ihrem Mann.
Ich werde Therapeutin.

Es fliegt durch die Luft und lacht laut.

Die wirkliche Sache steht im Kleingedruckten.

Weil wir Sie so lieb haben, muten wir Ihnen diese Welt nicht zu.
     Aber wir regieren sie.

Die Gefährlichsten sind die, die keine Angst haben.
     Nicht nur als Attentäter. Sondern als Regierte und Gemaßregelte und Überwachte und Zwangsbeglückte und Verwaltete.

Die Dämonen sitzen uns in den Ohren.
     In der Bibel steht nicht, gehet hin und shoppet.

Die Gefährlichsten sind die, die keine Angst haben.

Gehet hin und fürchtet euch nicht.

Keine Dunkelheit

Ich bin auf der Straße, jeden Tag ist es eine andere, aber sie sieht überall gleich aus.

Ich bin in einer Stadt, es ist jeden Tag eine andere, aber sie sieht immer gleich aus.

Sie heißt jeden Tag anders.

Die Meinung gehört mir, deshalb heißt sie Mein-ung.

Ich bin in einem Land, das ich kenne, ich habe hier sogar Verwandte. Mit diesem Land habe ich also etwas zu tun, mein Körper hat etwas damit zu tun, weil ich hier Vorfahren habe, und deshalb also ich. Wo meine Vorfahren herkommen, machen sie guten Wein. Ich bin jetzt also hier. Es sieht überall gleich aus in den Städten. Vielleicht meint man das auch nur, weil die Geschäfte gleich heißen, es sind überall die gleichen Geschäfte. Ihnen gehören die Innenstädte, man fragt sich, was sie mit den Leuten zu tun haben, die dort wohnen. Irgendwie sind es deshalb Geisterstädte.

Die Kinder sehen fern. Sie schauen zu und es gefällt ihnen und doch sind sie nicht da. Sie machen ein Gesicht, wenn sie zuschauen. Es ist das Gesicht der Stadt. Es gibt Galerien zum Einkaufen. Es gibt Blumen zu kaufen. Sie heißen „floraler Moment". Es gibt Kaffee zum Verwöhnen. Es gibt eine „Genusszone". Die Auslagenfenster sagen „Für Sie!" und „Wegen Ihnen" und „Weil Sie!", „Für Sie 24 Stunden da", „Wegen Ihnen in Bestform" und „Weil Sie es sich wert sind!"

Es gibt keine Menschen mehr.

Sie sind fort.

Niemand ist mehr da, deshalb sind es Geisterstädte.

Es ist dunkel, weil es immer hell ist, hell sein muss und nicht still sein darf.

Ein Bett aus Erde mit einer Decke aus Gras und einem Kopf aus Stein ist ein Grab und kein Bett. „Sie hören nicht auf, sich zu bewerben, auch nach der dreihundertsten Absage nicht. Das sind die Helden von heute!" Niemand will etwas von ihnen, dafür lässt man sie aber Helden sein.

Es gibt Streit über den Menschen und die Kinder.

Man darf sie nicht im Bauch der Mutter umbringen.

Man muss sie auf die Welt kommen lassen, weil sie Würde haben, ein Leben, und das von Anfang an, weil ihr Herz nach ein paar Wochen schlägt, weil sie ab dem ersten Moment im Bauch der Mutter da sind, lebendige, menschliche Wesen und nicht nur eine Handvoll Zellen. Das ist wahr.

Aber darüber streitet man sich.

Ab wann gilt der Mensch.

Und was.

Was kommt dann. Sie kommen auf die Welt, die Menschen, die Kinder. Was will man ihnen, was kann man ihnen geben, was interessiert einen daran, dass sie auf der Welt sind?

Sie hören nicht auf, sich zu bewerben, auch nach der dreihundertsten Absage nicht.

Es gibt Menschen. Wir sind da. Haben wir Würde?

Es gibt zu essen. Viel. Ein großer Tisch mit Brot, Fisch, Fleisch, Eiern, Butter, Käse, Milch, es gibt so viel, dass es nichts mehr gibt. Niemand hat Hunger, nur Appetit. Der Appetit wurde wegen des Nicht-Hungers erfunden. Was täte ich für Durst. Was ist das Ende? Es gibt eines.

Es ist das Gegenteil vom Anfang.

Was ist ein Tisch, wenn ein Bett ein Grab ist? Wenn es keinen Unterschied mehr gibt, wird aus den Menschen ein Teig, aus dem man kein Brot backen kann. Wo sind die Helden? Wird jemals etwas aus uns, wenn wir auf die Welt gekommen sind? So viele Menschen sind auf der Straße. Es gibt Filme für sie, Telefone, das Netz, den idealen Partner, Lösungen, Strategien, Genüsse, Angebote, Vorschläge, Geld, Häuser, Kinder, Konten, Autos, Außenbeleuchtung, Raumdüfte, Wohlfühloasen, florale Momente, keine Blumen, Tempel für Geld anstatt für Götter, turmhohe Leuchtbuchstaben für Restaurants, wo man schlecht und schnell essen kann, und Liebe, ja, und viel davon und viel von allem und alles, alles alles!

Und keine Dunkelheit. Und keine Zeit. Und keine Geschlechter.
Sondern alles. Und das immer.

Und kein Unterschied. Vom Alles gibt es keinen Unterschied mehr.

Frauen, Männer, Kinder, Leben, Tod, was denn?

Wir wollten etwas für uns. Und für die Kinder auch. Und wollen es noch.

Und was tun wir denn?

Es bleibt nichts übrig.

Das Gesicht der Stadt ist eine Meinung. Muss es eine Meinung geben, damit es eine Wahrheit gibt? Eine Meinung meint etwas und gehört mir.

Auf dem Bett blühen die Steine.

Es ist hell und es ist laut.

Weil es Musik gibt, und überall.

Und weil es Licht gibt, und überall. Und immer. Wo ist es dunkel.

Wir sind traurig. Weil nichts da ist.

Vom zu vielen Essen haben wir Hunger. Vom zu lauten Reden wollen wir reden. Vom Zuviel haben wir genug. Vom Zuwenig haben wir zu wenig.

Aber genug von allem.

Auf der anderen Seite der Welt verhungern sie.

Das steht nicht nur in der Zeitung. Menschen sterben, wenn sie nichts zu essen haben. Das ist wahr, ohne dass man es ausspricht, und passiert, ohne dass man es begreifen muss. Wie alles Wichtige. Man muss die Wahrheit nicht verstehen, damit sie wahr sein kann. So wichtig ist man auch wieder nicht. „Für Sie", „Wegen Ihnen", „Weil Sie es sich wert sind". Und immer alles.

Das Mein von der Meinung bleibt nicht da.

Vom vielen Meinen verlernt sich das Schauen.

Das Gesicht, das die Kinder machen, ist wichtig, weil es jetzt ist. Und weil die Kinder die Eltern überleben.

Auf dem Bett blüht das Gras.

Und der Polster ist ein Stein.

Sie sind es sich wert. 24 Stunden für Sie da. Der Strom fällt aus.

Die Zeit kommt und geht nicht mehr, sondern frisst uns auf.

Wenn der Strom ausfällt, fallen die Flugzeuge vom Himmel und die Sterne bleiben oben.

Wenn der Strom ausfällt, wird es in der Nacht dunkel und am Tag hell.

Wenn der Strom ausfällt, wird es da leise, wo keine Menschen sind.

Und wenn es nichts mehr gibt, gibt es Bedürfnisse. Man kann sie erfinden, bevor der Einzelne davon weiß. Hunger, Durst, Lust sind bekannt und alt.

Es muss neue geben. Sie wollen Sicherheit. Liebe, Geld, Kinder, Leben, Hochzeit, Zinsen, Schule, Versicherung. Für alles etwas und davon viel.

Sie wollen sicher sein? Wir verstehen das.

Ich will ein Bett, das kein Grab ist. Über die Welt wölbt sich das Firmament.

Auf der Welt gibt es etwas. Viel.

Auf jeden Fall gibt es uns.

Und das ist jetzt.

Was fangen wir an und mit wem? Es wird uns ein Wollen erfunden, bevor wir es überhaupt kennen und ohne dass wir dabei sind. Dann kann man sagen, wir hätten nicht gewusst, dass wir das überhaupt wollen.

Weil wir nicht gewusst haben, dass es das gibt.

Sie haben uns.

Nicht wir sie.

Das ist ein Unterschied.

Hunger gibt es, ohne dass es jemand sagt, und Durst und Seelen. Aber aber.

Auf den Straßen liegen Ketten. Sie heißen alle gleich. Weil sie gleich sind. Wir spüren ihnen nach. Nicht, weil wir etwas wissen wollen. Sondern weil Ketten auf den Straßen liegen. Vielleicht braucht es ja sonst nichts.

Auf diesen Straßen werden die Füße schnell kalt. Es hat nichts mit dem Boden zu tun, auf dem die Straße gebaut ist.

Wenn man etwas sehen will, braucht man Abstand. Steht man einen Zentimeter vor der Wand, sieht man nur grau.

Vieles kann grau sein. Die Ketten liegen auf den Straßen. Verwöhnen Sie sich. Das geht aber nur, wenn man schon satt ist. Sonst heißt das essen.

Vor dem Leben muss man ein paar Schritte zurückgehen und dann schauen.

Wenn man gutes Brot backen will, braucht man gutes Mehl.

Und im besten Fall Hunger.

Wenn man die Hitzigen wärmt, die Gesunden heilt, die Zufriedenen tröstet, die Glücklichen glücklich macht und die Satten füttert, werden alle krank davon und keiner versteht warum.

Die ewig leben, haben keine Zeit. Die vergeblich lieben, sind die mit dem größten Glück. Wenn etwas nie wirklich wird, kann es immer in der Vorstellung bleiben. Die Welt ist eine Erprobungsfläche für die Mutigen.

Mit dem Tun endet die Vorstellung.

Der Mensch stellt sich auf den Kopf und ist ein Baum.
Die Bäume und das Gras und die Sträucher haben ihre Nerven im Boden, dünn wie Haare, und reden unterirdisch. Das Nervengeflecht ist unter der Erde und wir stehen darauf. Durch die Nerven gehen Strom und Zucker von der Sonne.
Die Köpfe von den Bäumen sind im Boden. Die Füße stehen in die Luft.
Das Gras wächst unten, der Stein liegt unten. Die Blüten sind oben.

Die Menschen wohnen im zweiundzwanzigsten Stock, in der Luft, den Boden gibt es im zweiundzwanzigsten Stock nicht, die Füße stehen in der Luft und doch fällt man nicht herunter. Im Freien neben dem Hochhaus kann man herunterfallen und schnell tot sein.
Was ist denn da echt? Dass man tot ist.
Auf dem Steinboden ist der Tod weich wie Moos und der freie Fall hart wie Stein.

Wir wohnen dreihundert Meter über dem Boden, essen Gemüse, das in der Wüste wächst, essen Fleisch und wollen nichts wissen von den Tieren, können nicht reden in unserer eigenen Sprache und lernen fremde Sprachen, wollen lieben ohne zu raufen und ein ewiges Leben, was ist denn das dann?

Nur hohle Luft.

In den Magen der Menschen, für die es nichts Höheres gibt als das Geld, kann alles hinein, was danach schmeckt.
Und wenn es blind macht.
Und wenn es krank macht.
Und wenn es tötet, auch. Dann sieht es sehr wahr aus.
Dann ist es etwas.
Ist es dann wirklich etwas?

Wenn man Geld aus etwas herausholen will, tauschen die Wertigkeiten ihre Plätze.
Dann macht man aus allem ein Programm. Aus dem, was ist und aus dem, was dagegen gerichtet ist. Und beides wird verkauft. Zugleich mit dem Leben, zeitgleich mit den Menschen.

In den dunklen Wiesen schwimmen die Nachttiere und darüber schwirren die Flügeltiere, wenn es in der Nacht Licht gibt, schwirren alle Tiere darum herum, weil sie glauben, dass das der Mond ist. Weil sie das elektrische

Licht nicht kennen. Wenn sie lange genug um die Lampen schwirren, fallen sie tot auf den Boden.

Etwas Größeres schwirrt über allem und gleicht es aus.

Es gibt einen großen, uralten Baum, eine Eiche. Darunter liegen Steine, und darauf saßen Menschen vor Gericht. Er ist schon tausendfünfhundert Jahre alt. In der Mitte ist er hohl und über seinen Stamm kriecht das Moos.

Es war das Femegericht.

Es ging dabei um Leben oder Tod.

Und der Baum sah dabei zu.

Und die Menschen saßen darunter, weil sie unter etwas Größerem sitzen wollten, wenn sie große Sachen beschlossen.

Was man mit seinem Bewusstsein erfasst, wächst.

Wohin man Aufmerksamkeit lenkt, da wächst es auch.

Uns wachsen die Titanen, und gedeihen.

Unsere Felder sind Produktionsstätten, unsere Wälder sind Planquadrate für Holz.

Der große Magen hat für alles Platz.

Sogar für Blumen und Tiere.

Floraler Moment und billiger Delikatess-Schinken ohne Hunger, dafür fast geschenkt. Aber es heißt „clever" und „günstig", damit es nicht billig sein muss.

Es gibt eine Art von Denken, das sich sehr ernst nimmt. In einem Wald, der niemandem gehört, darf man alles machen, sagt es. Wenn niemand da ist, muss man auch niemanden fragen, sagt es. Wie kommt man darauf, dass man mit der Menschheit alles erklären und alles rechtfertigen kann? Wenn es Geld bringt, darf man Landschaften dem Erdboden gleichmachen, die Tiere vergiften, den Boden auslaugen, Gewächse züchten, die dort gar nicht hingehören, weil der Boden kalt ist und weil sie es warm brauchen und weil es dazwischen einen Unterschied gibt. Wenn es uns gehört, dürfen wir es kaputtmachen. Wieso denn nicht? Wegen dem, der es gemacht hat, wegen denen, die dort leben, wegen den Tieren, die dort ihre Höhlen haben, wegen den Bäumen, die dort wachsen? Ach, ich bitte Sie, wir kaufen dann neue.

Die Verschlagenen und Grausamen dürfen verschlagen und grausam sein, immerhin bringt es Geld. Wenn sich die Sensiblen ducken, können die Grausamen die Welt regieren.

Die Luftblase um die Welt zerplatzt. Wer macht das wieder gut? Und wer bezahlt das Wiedergutmachen?

Niemand? Nun dann ...

Die Kinder in den Bäuchen der Mütter, die schwirrenden Insekten, die Köpfe der Erde und Wurzeln der Menschen, die Häute aufeinander, die Brennnesseln brennen auf den Häuten, die offenen Augen der Gräser schauen zu, die zugedrückten Augen der Menschen tun ihnen weh.

Wenn der Grund aus Erde ist, kann etwas darauf wachsen.

Auf Geld wächst kein Gras.

Nicht, dass es deswegen nichts wäre.

Aber es wächst kein Gras darauf und kein Apfelbaum.

Was machen wir denn jetzt?

Die zu kalt haben, muss man wärmen, die Kranken heilen, die Traurigen trösten, die Unglücklichen glücklich machen und die Hungrigen füttern, sonst werden alle krank davon und keiner versteht warum.

Die Geschichten von den Lebenden und den Toten

Die Flügel fallen vom Himmel, aber keine Worte.

Die Welt trägt unser Gewicht und ihr eigenes noch dazu.

Dieses Leben und kein nächstes.

Ich bin in einem Ort, wo ich vorher noch nie war, genau zwischen den Bergen.

Ich weiß noch nicht, wohin mit mir.

Suche mir Halt, weil ich nicht überall gleich leicht oder schwer bin. Näherkommen ist das Nächste, jetzt, wo ich schon da bin, will ich mich hineinknien in die Landschaft und doch nicht schwer sein. Man kann das ganze Gewicht dieser Welt auf einen Punkt der Erde legen, und sie bricht doch nicht zusammen. Aber hier hört man den Boden ächzen, weil die Berge so schwer zu tragen sind.

Früher hieß es hier Cultaur.

Ich habe einen Freund, der auf der ganzen Welt daheim ist, deshalb bin ich nirgendwo ganz allein.

Wir fangen da an, wo wir glauben, dass wir aufhören.

Zuerst gehe ich auf den Friedhof, da wohnen die Geister und alte Geschichten, dort liegen die Schädel hinterm Eisengitter in der Kapelle und es kribbelt in den Fingern und scheppert zwischen den Rippen beim Angreifen des kahlen Kopfes mit der warmen Hand. Christliche Erinnerung an Maria Karolina Sebner, Schotter im Kirchhof, zwei Opferlichter angezündet, eines für die Lebenden und eines für die Toten. Verkaufte Haut, trotzdem.

Darüber beugen sich die Berge und schauen zu. Alte Häuser neben neuen Häusern, die Jungen neben den Alten, zugesperrt. Auf der Post mit den Briefen nach daheim, die Zillertaler Gams, man hört, wo du herkommst.

Bisch koa Doige Madli, oder? Woll; i bin a Tirolerin. Jo, ober halt nit va do.

Ich bin nicht von da, von wo bin ich denn? Ich weiß, woher ich komme, aber nicht, woher ich bin, wer weiß das denn schon. Ich bin von da, von wo alle her sind, geboren bin ich woanders, das stimmt.

Die Ballunspitze schaut herunter auf mich und passt auf, dass ihr dort unten nichts entgeht. Schön ist es hier, ein kleines Dorf. Im Sommer ist hier wenig los, sagt mir der Wirt, wir haben hier hauptsächlich Wintergäste, da kommen dann die Schifahrer und Snowboarder, Wanderer haben wir hier nicht so viele. Ich schaue ins Jamtal. Drei Stunden brauchst du zur Jamtalhütte, sagt mir die Wirtin. Ich habe Zeit.

Etwas bewegt sich in meinem Kopf, wenn ich hinaufschaue zum Kreuz.

Es gibt hier ein Mädchen mit einem ganzen Herz zwischen den halben Wahrheiten. Sie sagt mir, der Onkel hat sie auf seine Herde aufpassen lassen und als sie mit den Tieren herunter ist vom Berg, waren es nur mehr zwölf statt dreizehn. Sie ist suchen gegangen und hat nichts gefunden, zweimal. Der Onkel hat gemeint, die kommt schon wieder heim, seine Kalbin, aber gekommen ist sie nicht, nach zwei Tagen immer noch nicht. Da ist er selber gegangen und hat sie gefunden, abgestürzt, mit gebrochenem Bein und schon Würmern im Fleisch. Er hat sich nicht mehr zu helfen gewusst, sagt sie. Er hat das Fleischermesser geholt und ihr die Gurgel durchgeschnitten. Das hat er nicht verkraftet, sagt sie, das hat ihm so wehgetan, dass er ein lebendiges Wesen umbringen musste. Da kann man nichts machen, dann muss man sich eben überwinden. Ein richtiger Mensch mit einem ganzen Herz verschenkt den Tod, und es tut ihm so leid, dass er das tun muss. Einer, der nicht einmal mehr sagen kann, schade drum, weil dazu ist es erst zu kurz her, dass es passiert ist. Ihre Augen schwimmen, als sie davon erzählt.

Von drei bis sieben hat sie Zimmerstunde, einen Neni hier auf dem Friedhof und eine Tante, die sich als Baby nicht hat stillen lassen wollen, deswegen hat sie kein Jahr gehabt. Die Geschichten von den Lebenden gehen so.

Im Nachbarort hinter der Kapelle gibt es einen Teil vom Friedhof, wo die Selbstmörder und die Ungetauften liegen. Die einen sind christlich und Sünder, die anderen nicht und unschuldig, so liegen sie Wange an Wange und oben wachsen das Brombeergestrüpp und die Brennnesseln.

Braucht ein Unschuldiger eine Lossprechung, braucht ein kleines Kind eine Frauentaufe, weil es sonst nicht dahingehört, wo es hingegangen ist?

Wenn kein frisches Wasser da ist, tut es auch geschmolzener Schnee. Tränen nicht, da wär der Weg in den Himmel sehr weit.

Die gemalten Schädel schauen zu, wie die Engerl reihenweise aufsteigen, direkt aus den Mündern in den Himmel, die unschuldigen.

Warum müssen wir immer alles sehen, damit wir glauben können. Aus dem Gesicht rinnen Fäden und fallen Tropfen, die Hand greift durch die Wasserwand, durch die dünne Glaswand, die beim Sterben zerbricht, so allein sind wir und so wahr im Alleinsein.

Werden wir wahrhaftiger in der raueren Bergwelt, werden wir frommer, wenn wir leiden?

Und werden wir klarer im Denken, wenn wir nichts sagen?

Gelber Enzian, blauer Eisenhut, Wolken über dem Berg, das hohe Rad. Eingeklemmt zwischen Kommen und Gehen. Dazwischen wachsen Pilze und Kinder, und Frauen, die Brot backen, Frauen, die Brot gebacken haben früher einmal und vielleicht heute noch. Sie machen die weißen Betten für die Fremden, die in ihren Häusern schlafen. Die Frauen können dann daheim bleiben, sagt der Bürgermeister, und wo sonst geht das schon, das ist wahr. Verkaufen wir unsere Haut, wenn wir unsere Betten verkaufen? Schenken wir uns eine Idee vom Sein, wenn wir tun, was wir müssen?

Der Doktor sagt, es fehlt uns die Nähe, heute geht alles schnell, aber ob das gut ist. Früher haben sie mich geholt, sagt er, dann hab ich fünf Stunden gebraucht, bis ich bei der Wöchnerin war und fünf Stunden zurück. Die Leute meinen, sie hätten beim Autofahren Zeit, aber das stimmt nicht. Er hat sie auf die Welt geholt, die vielen Kinder, die heute alt sind, danach ein Stamperl Enzner oder Beerer, das tut wohl, das wärmt auf. Dann zusammensitzen am großen Stubentisch und darüber reden, wie es war, wie es gegangen ist, oft länger als einen oder zwei Tage. Das fehlt heute, das Beisammensein. Das Ritual und dass etwas seine Zeit braucht. Und er hat seinen Kindern Sachen mitgebracht von seinen Wegen, vierblättrigen Klee, Steine, Koipech, glühendes Holz und wahre Geschichten. Der Doktor weiß alles, fünfzig Jahre Berg und Tal. Bevor du von einem Oberländer ein Bussel bekommst, hast du von einem Unterländer schon ein Kind, sagt der Bürgermeister und lacht ein bisschen. Der Messner meint, wir halten zusammen hier, aber hier muss man hineinwachsen, das geht nicht von heute auf morgen.

Die Nona sagt, das Murmelöl, das macht die Bänder zu weich, wenn man es zu oft nimmt, dann springen die Gelenke aus den Pfannen. Auf der Kerze im Zimmer vom Seelsorger ist ein Bild von ihr, Nona, neunzig Jahre.

Sie ist schon fast abgebrannt.

Wenn die Leute öfters kommen, schließen die Menschen sie in ihr Herz, aber das dauert seine Zeit, das muss wachsen. Bitte frag nicht nach der Lawine, das steht uns schon bis hier, sagt eine junge Frau und deutet auf ihre Stirn. Die Sommerfrischler fragen immer, wo sie denn war, die Lawine.

Es gibt eine Mauer zwischen Berg und Tal, ob sie den Berg wohl aushält, sollte er kommen? Ich will nichts wissen von der Lawine, nur von den Menschen.

Eine Frau gibt es, die an Engel glaubt, sagt sie mir. Die ganz anders ist, sie lebt an der steilen Wand und bringt den Menschen ein Lachen von ganz innen.

Sie kennt die dunklen Flecken im Licht vom Wasser, sie weiß, dass heute Vollmond ist und es nicht mehr lange dauert, bis ein neues Weltenzeitalter beginnt und alles einen anderen Lauf nehmen wird. Sie heißt Mira, das Wunder.

In dieser uralten Gegend leben wilde Wesen, sagt sie, der Wind holt sich ihren Hauch und verfängt sie im alten Baumbart, der von den Ästen hängt. Wenn man die Zweieinhalbtausend-Meter-Markierung einmal hinter sich gelassen hat, wird alles wahrer und einfacher. Wenn wir die Zweieinhalbtausend-Meter-Markierung einmal hinter uns gelassen haben, wird alles wahrer und einfacher.

Sogar der Tod.

Nach der Geburt gehen sich die Frauen aussegnen lassen, sonst holt sie die Fangga. Sie hat Kinder in der Menschenwelt, Heidinnen, die niemals christlich werden, sie holt die Mütter, wenn sie sich nicht aussegnen lassen, und zerreißt sie. Haare hat sie auf der Zunge, einen Mund mit einem Lachen bis zu den Ohren und ein Kopftuch, das tief in die Stirn gezogen ist. Ihr Kittel ist aus Baumrinde und ihr Schurz aus Baumbart, sie ist alt und geht in den Wäldern herum und kommt in die Häuser ohne Mütter. Aber die Menschen fürchten sich vor ihr. Ihre Töchter sind frei. Sie leben unerkannt.

Ich wünsche dir Glück zum Engel, sagte man früher, die furchtbare Beschützerin breitet ihren Mantel aus und lässt sich die Seelen verstecken darin, die ungeboren Gestorbenen, die ungeliebt Gelebten und solche, die ihrem Leben selber ein Ende bereitet haben. Die schreckliche Fürsprecherin hat sie befreit aus den Dornen und Brennnesseln, die an der Oberfläche wachsen, sie nimmt sie mit heim, weil da alle eine Wohnung haben, wir halten hier zusammen, sagt der Bürgermeister. Die Marianna will sich nicht anschauen lassen vom Doktor, weil er noch ledig ist. Die Geschichten gehen vom Mund zum Ohr, er sagt, heute gibt es ein Auto und ein Krankenhaus, da werden die Kinder geboren und da sterben die Alten. Sie gehen aber trotzdem zurück in die Stuben, die Toten, und legen sich auf die Bank, weil sie noch Besuch bekommen von den Lebenden, bevor sie davonfliegen. Vor dem Gehen lassen sie sich versehen, damit sie nicht warten müssen auf die Ewigkeit.

Der Christusträger sagt, die Lebenden haben dann keine Ruhe mehr vor den Lebenden und die Toten brauchen mehr Zeit zum Gehen. Andere sagen, der Psalter bringt uns Frieden und den Toten. Die Engel sagen, fürchtet euch nicht. Habt keine Angst vor dieser Welt, wo das Wort Fleisch geworden ist.

Die schweren Glocken läuten und die Wolken verziehen sich.

Ich will, dass etwas zerbricht.

Das weiße Mädchen sagt, Fotografin wäre ich halt so gerne geworden, aber ich bin nirgendwo untergekommen. Sie hat mir ihren Ring geschenkt von früher. Zwischen den Bergen ein Mensch mit einem ganzen Herz. Die, die hier leben, sagen, was willst du in einer Woche schon wissen, wir kennen uns doch erst so kurz. Der gerade Weg ist trotzdem weit, er geht durchs ganze Tal, die Latschen heben ihre Finger zum Himmel, die Katzen pfeifen, weil ich komme und sie mich von weitem schon sehen.

Im dem kleinen Nebental wachsen giftige Blumen und Schönheiten, der Henkerswurz und der Fingerhut, das Totenblümli, sie ziehen einen roten Faden zwischen dem Horizont und den Bergen und an dieser Linie orientiere ich mich, sie zerschneidet die Luft und ich rutsche daran zurück zu meinem Großvater und zu meinen Bergen, die fast so aussehen wie dieses alte Granitgebirge. Ich bin bestenfalls ein Schieferplattenmensch, deswegen kenne ich mich hier nicht aus.

Heiliger Blitz zerschlägt das Gewässer, wenn es regnet, sitzen wir in unseren Häusern, weil wir nicht nass werden wollen. Diese schöne Zeit, dieses schöne Ertrinken im Taufwasser vom Himmel. Im Stein aus der Lawine sind wir gezeugt und leben zwischen den Platten des Gebirges, bis uns die Hebamme aus dem Baumstumpf zieht, glauben wir nichts anderes.

Die Fangga richtet ihre Schürze aus Baumrinde, siedet Pech in ihren schwarzen Pfannen und heilt die Menschen. Sie versteckt sich in den Wäldern, weil die Menschen nicht mehr geheilt werden wollen von einer Heidin. Was brauchen wir einen Stein, wenn wir glauben können? Werden wir nie gesund, wenn wir einmal krank waren? Werden wir niemals uns selber lieben können, wenn einmal der, den wir geliebt haben, gegangen ist? Aus meinem Gesicht rinnen Fäden und fallen Tropfen.

Hab keine Angst, sagt Mira, ich wohne hier allein und bin doch nicht einsam, solang mich nur ein Mensch versteht. Fürchte dich nicht, wenn es donnert, sagt das weiße Mädchen, das ist hier oft so. Die Nona meint, alles geht vorbei, die Zeit heilt alle Wunden. Ich bin schon gespannt, was du machst, sagt die Tapfere, sie hat zwei Kinder. Ich bin eine Spätberufene, sagt sie, mit dreißig war sie eine Spätberufene.

Die Schädel in der Kirche von den Kindern, den Müttern und Vätern und Soldaten sind so schön angemalt, dass man meint, die Menschen hätten Angst vorm Weiß oder vorm Nichts, dabei ist es eine Geburtskirche. Aber viele sind einfach nicht mehr heimgekommen, vom Schmuggeln, vom Holzen und von der Alm oder aus dem Krieg. Vom Blitz erschlagen, von der Lawine verschüttet, ertrunken, beim Holzen unter die Baumstämme geraten. Die ersten zwei Gräber am Friedhof sind von zwei Männern, die der Berg zugedeckt hat mit Staub und Schnee. Sie zeigen den Kirchgängern, wer die Oberhand hat im Tal. Die mächtige Freundin reißt die Himmel auf und der Fluss geht über, sie streichelt den Berghang und die Lawinen gehen ab, sie schickt Regen und die Felder blühen und schickt die letzte Stunde, wenn es vorbei ist mit den Zeiten auf der Erde. Die ungeborenen Seelen verstecken sich in ihrem Mantel vor der Dummheit der Menschen, die glauben, dass uns das Wasser im Bauch der Mutter nicht genug zum Menschen macht und wir als Sünder auf die Welt kommen, und trotzdem sind wir unschuldig. Richte nicht, wir werden alle einmal gerichtet von dem Gott, der uns unser Herz geliehen hat.

Im Jamtal geht ein Skelett spazieren mit einem Kranz von Giftgewächsen, es sammelt alles Überflüssige und

Unbrauchbare, es lacht, wenn du ihm etwas gibst, denn das bist du los. Der Tod wohnt in den Bergen und presst Steine zu Kristall. Er freut sich, wenn die Menschen kommen und ihm etwas da lassen, dann gehen sie heim mit dem blanken Ich, das nichts ist und keinem Schotter mehr zwischen den Rippen.

Deshalb sind die Menschen hier anders.

Der Boden ächzt unter dem Gewicht der Berge.

Wir fangen da an, wo wir glauben, dass wir aufhören.

Er sagt, lass mir etwas da, und zeigt mir seine Knochenhände, ich gebe ihm meinen Schieferplattenkörper und er macht mich leicht, so leicht.

Die Mädchen und Frauen halten eine Säule, die Leben heißt, vom Anfang bis zum Ende.

Der Wirt sagt, komm wieder einmal zu uns, und kostet einen Schluck vom Holunderbeerer.

Die Latschen bewegen sich in meinem Kopf vor lauter Wind.

Ich schreibe für euch die Geschichten von den Lebenden und den Toten.

Die schweren Glocken läuten und die Wolken verziehen sich.

Die drei Schwestern mit den gläsernen Herzen

Sie ist auf einmal kalt geworden und etwas fehlte ihr. Sie war nicht krank.

Sie haben sie genau untersucht.

Sie haben gesagt, alles wäre normal.

Aber sie war kalt und wurde immer noch kälter.

Sie hatte Hunger.

Sie fütterten sie mit rohem Fleisch, Eidotter, frischen Kräutern, heißer Suppe und rotem Wein, aber ihr wurde nicht wärmer. Niemand wusste, was mit ihr war, und sie wusste es auch nicht.

Es fehlte ihr etwas.

Sie glaubte manchmal, dass sie nicht genug getan hatte auf der Welt.

Sie begann zu laufen. Sie fütterten sie mit frischgebackenem weißem Brot aus der Fabrik, sie kauften ihr ein rotes Kleid, sie machten sie schön, sie malten ihr die Lippen an, sie schenkten ihr Armreifen und Halsketten, sie gaben ihr Schuhe aus Glas, sie liefen mit ihr durch die Wüste, sie ließen die Sonne glühen, sie ließen sie von allen Ärzten der Welt untersuchen, sie wurde nicht wärmer, ihr war kalt.

Ihre Haut wurde grau und hohl, ihre Stimme verlosch, ihre Nägel fielen ab, sie zeigte die Zähne, aber die Zähne fielen heraus, wenn sie das tat, sie wärmten sie, sie drängten sich zusammen, sie öffnete den Mund und ließ sich füttern, sie lag in einem frischen Bett und sie bekam zu essen, was sie wollte, und sie aß und es standen Ärzte ums Bett und ihre Werte waren normal und sie hatte kein Fieber und ihr Herz war gut und ihr Blut war gut und sie hatte keinen Krebs und keine gefährliche Krankheit, sie hatte jeden Gott, den sie wollte, sie war normal gewachsen, sie hatte niemanden in der Familie, dem etwas fehlte.

Ihre Haut wurde blau vor Kälte, sie bekam keine Luft mehr und sie gaben ihr Sauerstoff, sie lag im besten Krankenhaus der Welt und die klügsten Ärzte der Welt waren bei ihr, sie hatte Hunger und ihr war kalt und niemand wusste, was ihr fehlte. Sie sahen alle Bücher durch, sie fragten alle Ärzte der Welt, sie sagte ihnen, es werde alles wieder gut, sie fühle sich nicht krank, aber etwas fehle ihr wohl. Sie berechneten ihre Blutwerte und sie waren gut, sie hängten sie an Maschinen, aber alles war normal, ihr Herz schlug und in ihren Lungen war genug Luft, ihre Muskeln hatten Kraft, ihr Blut war gut.

Es hatte sie einmal jemand zu fest umarmt, da hatte es einen Knacks gegeben.

Als sie als Kind einmal aus Versehen einen Käfer zertreten hatte, hatte sie ihm einen schönen Namen gegeben und ihn zusammen mit einem Weizenkorn unter einen kleinen Stein gelegt. Daran konnte sie sich noch erinnern. Das Weizenkorn war nicht gewachsen, weil unter dem Stein keine Erde war, sondern Asphalt. Obwohl die Wurzeln der Pflanzen den Asphalt sprengen können. Immer wenn sie an den toten Käfer dachte, wurde ihr ein bisschen wärmer. Das ist komisch, dachte sie sich. Sie wollten alle, dass es ihr gut geht. Sie kümmerten sich alle um sie.

Sie war wenig alleine. Es gab immer zu essen.

Sie ließen sie in heißes Wasser steigen, aber sobald sie draußen war, wurde sie wieder kalt. Sie ließen sie laufen. Sie ging in die Sonne. Sie sagte ihnen, es würde alles wieder gut werden.

Als sie starb, drängten sie sich zusammen und wärmten sie, aber sie blieb kalt.

Sie war klug und hatte eine leuchtende Lebenskraft, sie sprach mit den Geistern, sie hatten Angst vor ihr, sie wollten, dass sie wegging, sie wollten sie wegschicken, aber sie ging nicht, sie blieb da und sang alte Lieder, sie zündete ein Feuer an, sie erzählte den Kindern Märchen, sie rührte Hass und Liebe in die Suppe hinein und alle wussten das. Sie konnte durch die Spiegel durchschauen und das Bild darin doch sehen, sie hatte beide Füße am Boden, sie verstand fremde Sprachen, sie wollte aber nicht weg von daheim. Sie versuchten, ihr Angst zu machen, sie versprachen ihr, dass es woanders besser sei, sie drohten ihr, sie nahmen ihr das schöne Gewand, sie stahlen die Blumen und Früchte aus ihrem Garten, sie sagten, die Sterne seien nur verglühendes Gas und die

Götter aus Luft, sie sagten, die Welt sei aus Stoffen ge-
woben, die wir alle kennen, sie sagten, es gäbe nichts
Unerklärliches, und als die Keimlinge in der Erde das
hörten, wollten sie nicht mehr wachsen, aber sie goss
Wasser darüber und sang für sie und das Getreide wuchs
und bis heute weiß niemand warum. Sie pflanzte einen
Samen in den Boden und die Erde wog schwer, sie wog
zweihundert Pfund, und als der Baum, der aus dem Säm-
ling wuchs, groß war, wog er eine Tonne und die Erde
immer noch zweihundert Pfund. Woher kommt der ton-
nenschwere Pflanzenstoff, wenn er doch nur aus Licht
und Wasser besteht?

Sie kannte keine Angst, sie fürchtete sich vor niemandem. Als sie ihr einmal ein totes Kind brachten, gab sie
ihm einen schönen Namen und legte es mit einem frisch-
gebackenen Laib Brot unter eine große Steinplatte, wand
einen Blumenkranz und sang für das Kind und sein Geist
flog davon. Die Körner aus dem Brot schlugen Wurzeln
und wuchsen durch das Kind durch und unter der Steinplatte heraus der Sonne zu, und die Schwebfliegen und
Bienen schwirrten um die Ähren und die blaue Steinplatte herum, aber das Kind kam nicht mehr unter dem Stein
heraus. Es war weggeflogen.

Ihre Haut glühte und leuchtete und ihr Kopf war
leicht, sie mochten sie nicht und doch brachten sie ihr
kranke Tiere und tote Kinder und unglückliche Mütter,
weil sie das tat, was sie tat und weil es wirkte, was sie tat,
und deswegen fürchteten sie sich vor ihr.

Sie fürchtete sich nicht vor ihnen, sie grub die Wurzeln
aus dem Boden aus und legte kleine Beutel mit Geschen-

ken hinein, sie zündete rauchende Kräuterzöpfe an, sie fütterte die Erde mit Brot und Bier und das Feuer mit Teig und die Geister mit Wolle und die Geister spannten eine Schnur damit, mit der sie die Krankheiten einfing und die Geister hörten ihr zu, wenn sie mit ihnen redete.

Seit sie einmal zu heißes Wasser getrunken hatte, waren ihre Augen hell geworden, es hatte einen Knacks gegeben und durch diesen Sprung waren die Geister in sie gefahren und ließen sie reden.

Sie sagten böse Sachen über sie, sie wollten ihr Angst machen, sie fürchtete sich trotzdem nicht, weil sie die dunklen Höhlen im Berg alle kannte und weil sie die Toten begrub und weil sie die Geister kannte.
Aber als sie ihr das Essen wegnahmen, starb sie und alle freuten sich.

***

Sie war eine moderne Frau, eine schöne Frau mit zwei Kindern, und sie hatte keinen Mann und alles tat sie selbst, und sie hatte viel Arbeit. Sie mochte sich gerne schön anziehen und sie pinselte sich die Lippen rot an und sie ging abends zum Tanzen und sie zog ihre guten Schuhe an und blieb lange aus. Sie hatte ein teures Auto, und wenn sie abends heimfuhr, standen neben der Straße immer Wände mit Plakaten darauf, auf denen stand, was man anziehen, kaufen, mit wem man leben oder wem man vertrauen sollte. Wenn sie nicht wollte, dass es still war, schaltete sie Musik ein und dazwischen hörte sie dasselbe, was sie auf den Plakatwänden sah. Sie mochte, was in ihr redete, weil sie da eine Stimme hatte, aber sie hörte sie fast nicht mehr, weil es so laut war und weil die Plakatwände redeten. Sie aß Früchte, die man von weit über dem Meer hergeholt hatte, sie waren schön und schmeckten süß, sie kaufte sich teure Kleider und goldene Armreifen, sie arbeitete viel, sie kam heim zu ihren Kindern und die Kinder freuten sich und wollten Märchen von ihr hören und sie erzählte Märchen und sie hatte fast vergessen, dass sie wollte, dass es still war, dass es einmal still war, und dass sie die Stimme hören wollte, die aus ihrem Bauch kam. Wenn sie im Wald war und es wurde dunkel und sie fürchtete sich, dann wurde die Stimme lauter und sagte: „Fürchte dich nicht, am Ende wirst du dann sterben, fürchte dich nicht, du brauchst dich nicht zu fürchten."

Und sie fürchtete sich nicht mehr.

Die Kinder wurden größer und sie hatte immer noch viel Arbeit, aber sie hörte die Stimme immer lauter, weil sie öfter hinausging und ihre Kinder nahm sie mit und fragte sie, ob sie auch etwas hören könnten, und die Kinder sagten ja, sie würden auch etwas hören, und sie sahen die Glühwürmchen im Dunkeln schwirren und sie wussten nicht, was das ist.

Sie sagte ihnen, das seien Glühwürmchen.

Als sie einmal am Weg heim war, kam ein Fuchs über die Straße und war tot, weil sie darübergefahren war. Sie blieb stehen, stieg aus dem Auto aus und ging zu dem

Fuchs, der Fuchs tat ihr leid und sie nahm ihn und begrub ihn neben der Straße und legte einen flachen Stein darauf und oben eine Ähre, die sie aus dem Grasstreifen hinter dem Zaun abgerissen hatte, und gab dem Fuchs einen schönen Namen. Dann stieg sie ins Auto und fuhr heim.

Am nächsten Tag lehnte sie sich aus dem Fenster, weil sie die Blumen im Garten anschauen wollte, und es gab einen Knacks und die Kinder hatten es gehört. Dann wurde sie krank und ging trotzdem hinaus, weil die Stimme in ihrem Bauch stärker wurde, wenn sie hinausging.

Sie wollte nicht mehr so viel arbeiten. Die Ärzte sagten, sie sei sehr krank.

Im dunklen Wald fürchtete sie sich nicht, im Krankenhaus war alles weiß und sauber und da fürchtete sie sich. Sie wollte nicht mehr hingehen, die Ärzte sagten, das sei gefährlich.

Sie dachte daran, dass ihr Blut rot war und krank, und sie dachte an den Wald und daran, dass sie eine junge Frau war und dass sie keinen Mann hatte. Sie dachte an die Stimme in ihrem Bauch, die gesagt hatte, sie solle sich nicht fürchten. Sie fürchtete sich nicht.

Dann war ihr Ende da und sie starb, so wie die Stimme in ihrem Bauch es gesagt hatte.

Auch sie

Die Erde ist wie der Mond, wenn die Menschen sie anschauen.
Vom Mond sieht man selten alles.
Weil ihn die Sonne selten ganz anscheint.
Von einem Knochen ist das Fleisch abgefallen und man sieht es nicht mehr, es war aber einmal da. Das Fleisch hat geprickelt, als es noch gelebt hat.
Die Sichel vom Mond steht am Himmel.
Um den Hals der Göttin hängt eine Kette aus Schädeln wie Perlen, die lachen.

Für das, was jetzt ist, braucht man Aufmerksamkeit.
Die Nesseln brennen die Häute.
Wenn nichts wehtut, freuen wir uns nicht. Wenn es aufhört wehzutun, freuen wir uns.
Deshalb tun wir uns weh.

Wo es Kämpfe gibt, gibt es auch Freude. Wo Nichts ist, ist auch Etwas.
Die mit den groben Händen sind nicht gefährlich.
Aber die Noblen, die Edlen, die Sensiblen, die Schöngeister, die guten Menschen.

Zwei junge Männer fahren mit ihrem Auto in den Wald und schalten die Flutlichtanlage auf dem Dach ein. Die Tiere schauen ins gleißende Licht und rühren sich nicht. Die Männer erschießen die Tiere und fahren weg und lassen sie liegen.

Sie haben sie erschossen, weil sie sie erschießen wollten. Und sonst nichts.

Die Würde des Menschen ist ein Wort und etwas anderes auch noch.

Die Würde des Menschen ist nicht sein Zartgefühl.

Sie ist etwas anderes.

Es gibt Statuen von einem Gott, die gemacht sind aus zerriebenen Knochen von Heiligen, vorne hat der Gott ein sanftes, gütiges Gesicht und hinten die Gesichter der Dämonen, die auch zu ihm gehören. Wenn man betet, muss man auch für sie beten, wenn man heiliges Wasser ausgießt, muss man auch an sie denken und es auch für sie gießen, für die Bösen, für die Unerlösten, für die Vampire und für die Dämonen und die Unholden und Unseligen, denn auch sie müssen ihren Weg richtig gehen und das Rad zerbrechen, sie sind die ständigen Begleiter dieses Gottes, weil außer Ihm gibt es niemanden, der sie lieb hat.

Die Welt ist zwei Hände voll Erde.

Kein Mensch lebt nur von Luft und zartem Gefühl.

Wenn man Hunger hat, muss man essen.

Aber die Liebe.

Es gibt einen Zauberkreis.

Ein Mann und eine Frau gehen nebeneinander auf der Straße. Sie reden miteinander. Er sagt, dass es viel ist. Und dass er alles bezahlt.

Sie sagt, dass sie ihn liebt. Sonst sagt sie nichts.

Er kann darauf nichts mehr sagen. Es ist still danach.

Auf der Welt hat alles Platz, was sich Platz nimmt.

Ein Kind schreit laut, weil seine Mutter ihm keine Süßigkeiten kauft.

Die Mutter schlägt das Kind. Sie schlägt das Kind sonst nie.

Das Kind schaut verwundert zu der Mutter auf und ist still.

Als die Mutter von ihrem Traum erzählt, in dem sie im Taufbecken Suppe für den Teufel kochen musste, hören ihr die Kinder gespannt zu und können an nichts mehr denken als an die Teufelssuppe und überall ist nur mehr der Teufel und sie freuen sich. Ganz geheim.

Der Kosmos sieht aus wie ein großer Mensch. An seinen Füßen schwimmen Fische, auf seinen Schultern sitzen zwei kleine Kinder und auf seinem Kopf ein Widder. Auf seinen Fingerzeig verfaulen die Samen und blühen die Blumen, der Frost legt die Gräser um und die Wellen begraben die Felder und die Menschen. Die Spinnweben fliegen durch die Luft und es ist, als würden sie an Haken den Schnee nachziehen.

Die Waren sind nicht wahrer als etwas anderes. Wenn wir etwas wissen wollen, kaufen wir uns ein Buch darüber. Wenn wir es gelesen haben meinen wir, dass wir es kennen.

Die toten Tiere liegen immer noch im Wald, weil es niemand gesehen hat.
Die zwei Männer, die sie erschossen haben, sind zuhause.

Zwei Männer, die sich lieben, ärgern sich übereinander und es gibt Streit. Sie sind laut miteinander und das, was sie sonst spüren, ist nur mehr in den Köpfen und sonst nirgendwo. Der eine nimmt den anderen am Handgelenk und zieht ihn zu sich, der andere schreit auf und sagt, er fürchte sich jetzt, der eine fragt, warum, ich habe dir nichts getan, doch, sagt der andere, du bist gewalttätig.
Aber ich liebe dich trotzdem.
Der eine sagt, ich mag so nicht.
Der andere sagt, dann gehe ich weg von dir.
Der eine sagt, dann geh weg von mir.
Der andere schlägt dem einen ins Gesicht.
Das, was nur noch in den Köpfen ist, beißt zu.

Der Falsche hat dem Falschen dann verziehen.
Wem dient dieser Frieden?

Abgeschlagene Hände, herausgerissene Zungen, geblendete Augen, kaputte Häute, vergessene Menschen, es ist dunkel. Und es bleibt dunkel.
Die Würde des Menschen muss man beschützen.

Die Gitter in den Köpfen lassen alles durch, was durch die Menschen durchpasst, und das andere fangen sie auf und halten sich daran fest.

Die Welt ist ein Garten ohne Zaun. Die Zäune sind von den Menschen gemacht. Und es muss sie geben.
Die Vampire, die Dämonen, die Unholden und die Unseligen weinen.

Als er nichts mehr sagen konnte, weil sie gesagt hat, dass sie ihn liebt, hat sich etwas auseinandergebogen, das zusammengehört.
Zwischen ihnen schwirren die Geister, sie haben sich an etwas festgebissen.
Aber, sagt er dann, was aber, sagt sie. Du bist gemein. Ich liebe dich.
Aber, sagt er, ich ... Was denn, sagt sie, ich liebe dich doch.

Ein umzäunter Garten. Es gibt etwas zu tun. Sogar viel.

Was ist denn ein Zauberkreis?

In die Psychiatrie kommen Polizisten. Sie haben alle eine Uniform an. Sie bringen immer Patienten. Die Ärztin kommt. Sie geht zu dem Mann ohne Uniform und sagt, kommen Sie doch bitte mit mir mit.
Er geht ihr nach, sie macht die Tür hinter ihnen zu und sagt, dann jetzt erzählen Sie mir doch einmal, was los ist. Er sagt, es ist alles in Ordnung, ich bin Polizist, ich bin nur in Zivil. Ja ja, ist schon gut, sagt sie. Sagen Sie

mir einfach, was passiert ist, so schlimm kann das alles nicht sein, es wird alles wieder gut. Er sagt daraufhin, nein, ich bin wirklich Polizist, mir fehlt nichts, ich bin kein Patient. Sie nimmt eine Spritze und holt die Pfleger, damit sie ihn festhalten. Ein Polizist kommt und fragt nach seinem Kollegen. Die Ärztin erschrickt und lässt die Spritze fallen.

Im Frühjahr ist es am schlimmsten, sagt die Ärztin. Die Unglücklichen sind am verzweifeltsten, wenn alle sagen, schau doch, die Welt ist wunderschön, alles blüht, es wird Sommer, freu dich, alles wird gut, es wird alles besser.

Dann bringen sie sich um. Dann wollen sie nicht mehr leben.

Das ist sonderbar, was ich hier gelernt habe, sagt die Ärztin.

Die Welt ist eben logisch.

Die Vampire und Dämonen, die Bösen und die Unholden und Unerlösten sind traurig. Man lässt ihnen keinen Platz und die Toten haben keine Häuser.

Eine Gruppe von Leuten gräbt den Boden auf und findet Mauern von Häusern, Dachziegel, Grabplatten und zerschlagene Tonkrüge.

Sie kehren die Erde weg, sie heben die Ziegel auf, sie heben die Grabplatten auf, sie kleben die Scherben von den Tonkrügen zusammen.

Hier haben sie die Häuser auf die Gräber draufgebaut, sagt jemand. Wenn der letzte einer Generation gestorben ist, haben sie ihn begraben, die Ziegel seines Hauses auf seinem Grab zerschlagen und ein neues Haus draufgebaut. Die Geister sind aufgestiegen und haben bei den Lebenden gewohnt, sie waren da und sie hatten Platz, obwohl es so eng in den Häusern war.

Um unsere Gräber sind Zäune. Auf der Welt hat alles Platz, was sich Platz nimmt. Das, was nicht durch die Gitter passt.

Was man sagt, ist gesagt und weg. Ich bin so unglücklich, sagt er zu ihr.

Warum denn, sagt sie, ich liebe dich doch und deshalb kann uns gar nichts passieren.

Er sagt, das verstehe ich nicht.

Und er sagt, doch, es kann uns etwas passieren.

Du bist gemein, sagt sie. Du nimmst mich nicht ernst, du nimmst auf mich keine Rücksicht. Du musst doch Rücksicht auf mich nehmen, wenn ich dich liebe.

Durch die Straßen gehen Leute, die keine Augen haben und keine Ohren. Weil sie immer sehen und immer hören. Musik, Bilder und Geräusche aus dem Urwald in der Stadt, Musik, und nirgendwo spielt ein Instrument.

Irgendwann machen es alle, sagt der junge Mann im Geschäft. Alle sagen erst, das brauche ich nicht, und wenn sie dann ein Gerät haben, das das kann, was sie gar nicht brauchen, dann machen sie es eben doch alle.

Es ist ja auch wirklich praktisch.

Man hat nur gedacht, dass man es nicht braucht. Wenn ein Gerät etwas kann, braucht man es auch. Offensichtlich.

Was brauchen wir denn noch alles?

Der Tod kann die Feuer ausblasen in nur einem Zug, die Bösen, die Vampire, die Dämonen, die Unholden und Unseligen können die Menschen verderben, Schrunden machen auf ihrer Haut. Wenn alles, was da ist, notwendigerweise da ist, welche Not wendet es dann?
Ernste Frage.
Können wir es uns leisten, das Böse nicht zu brauchen?

Auf den Stufen der Tempel zerschlägt man Kokosnüsse. Sie sollen die Köpfe der Menschen sein. Die Wohnungen des Egos, die Zitadellen bricht man auf. Auf dem Scheiterhaufen platzt der Kopf des Menschen, weil sein Hirn kocht.

Der eine Mann sagt zum anderen, ich verzeihe dir auch, dass du mir ins Gesicht geschlagen hast. Der andere sagt, du bist wirklich ungerecht.
Das habe ich ja nur gemacht, weil du mich dazu gebracht hast.

Ein junger Mann fährt mit seinem Auto nach Hause, er fährt zu schnell, er will schnell heim. Vor ihm ist ein Lastwagen und er fährt auf ihn auf und von dem Auto und ihm bleibt fast nichts übrig. Alles, was man noch aufsammelt, sind einige Knochen und dazwischen Gewebe.

Kaputtes Blech.

Ein Teller voll Fleisch und Blumen und Kerzen. Bei der Beerdigung gibt es einen ganzen Sarg. Aber es beruhigt. Die Blumen, die oben liegen, sind schwerer als das, was drinnen ist.

Beim Hinschauen sieht man nicht, was drinnen ist, nur, was außen herum ist, und es beruhigt.

In der Stadt gehen junge Leute durch die Straßen und werfen die Mülltonnen um. Ein alter Mann sagt, nein, tut das nicht. Sie treten ihn tot.

Wer zuvorkommend ist, hat es wohl nötig.

Wo leben wir denn?

Wenn man zuschlägt, bevor es der andere tut, bleibt man selber verschont.

Ist der Wohlwollende denn der Schwächere?

In der Stadt bleiben drei Messer in einem Rücken stecken und niemand zieht sie heraus.

Die Liberalen stehen zusammen, die Konservativen stehen zusammen, die Wilden und die Frommen stehen zusammen, die Kleinen und die Großen, die Nichtstuer und die Gemäßigten, die Radikalen und die anderen. Jeder bei den Seinen. Und niemand rührt sich mehr, niemand.

Weil es dort sicher ist?

Die Ware ist nicht wahrer als alles andere.

Jemand bestellt in der Stadt etwas zu essen. Er bezahlt das Essen, rührt es aber nicht an und geht. In der Küche weiß man nicht, was man nun mit dem Essen machen soll. Ein anderer Gast bestellt gerade dasselbe. Man wagt es nicht, das schon bezahlte, frische Essen dem anderen Gast zu geben.

Man wirft es weg und kocht ein neues.

Das, was nur in den Köpfen ist, beißt zu.

Ist Gewalt wahrer als alles andere?

Zwei Männer klingeln an einer Tür, es öffnet jemand, sie fragen nach seinem Namen, er sagt ihnen seinen Namen, die Männer ziehen die Pistolen und erschießen ihn. Das gleiche passiert noch mit neunundzwanzig anderen Menschen. Zwanzig Jahre später werden die Männer vor Gericht gebracht. Man kann sie nicht verurteilen. Sie sind nicht aus diesem Land. Als man sie später doch verurteilen könnte, tut man es nicht. Es war kein Mord. Die zwei Männer hatten keine böse Absicht, sagten die Ankläger.

Es war kein niedriger Beweggrund, den sie hatten. Es war ein Befehl, sagten die Ankläger.

Es war keine Heimtücke. Sie hatten keine feindliche Willensrichtung, sagten die Ankläger.

Sie haben sich lediglich nach besten Kräften bemüht, die ihnen als Opfer angegebenen Personen in der geforderten Art und Weise zu töten.

In vielen Fällen ist es unumgänglich gewesen, die Opfer hinterrücks zu erschießen, sagen die, die die Männer anklagen sollen.

Zulässige Kriegsrepressalien nennt man das.

Das, was die zwei Männer getan haben, ist damals Recht gewesen.

Heute ist es nicht mehr Recht. Sie gehen frei.

Vergeltung für Vergeltung ist rechtens.

Wenn es Krieg gibt, darf man für einen toten Menschen als Vergeltung nicht mehr als drei Menschen des Feindes töten, sonst ist es Unrecht.

Das heißt Notifikationsgebot.

Und man muss seinen Feinden vorher sagen, dass man sich rächen wird für den Toten. Dann ist es Recht.

Nicht mehr als drei Köpfe für einen Kopf.

Aus welchem Land sind die Toten? Sie haben keines mehr.

Wer hat sie vorher gefragt?

Eine junge Frau hat ein Kind im Bauch, das sie nicht auf die Welt bringen will. Weil sie alleine ist und kein Geld hat und keine Wohnung und deshalb fürchtet sie sich. Ich kann ihm doch nichts geben, sagt sie. Sie geht ins Krankenhaus, sie hat Angst, aber noch viel mehr Angst hat sie vor dem Kind in ihrem Bauch.

Vor dem Krankenhaus stehen andere Frauen. Sie spritzen ihr rote Farbe auf den Mantel, werfen ihr ein Baby aus Plastik nach und rufen:

Mörderin! Mörderin! Die junge Frau schämt sich und weint.

In einem anderen Land kommen Kinder zur Welt und sterben nach ein paar Monaten, weil es kein Essen und keine Medizin für sie gibt und weil sie in den Bäuchen der Mütter schon krank waren. Man darf aber nicht verhindern, dass diese Kinder zur Welt kommen, weil es Gott traurig macht, sagen seine Stellvertreter auf dieser Erde.

Bevor die Kinder sterben, werden sie fotografiert. „Jedes Leben ist wertvoll" steht unter den Bildern, und „Helfen auch Sie."

Ja, helfen Sie.

Das, was nur in den Köpfen ist, beißt zu.

Junge Mädchen schauen sich eine Sendung an, in der andere Mädchen vor vielen Leuten in schönen Kleidern abfotografiert werden, und sie sehen sehr lebendig und fröhlich aus und ihre Bilder sind in den Zeitungen und im Fernsehen und die jungen Mädchen wollen alle auch da hinein. Weil die Mädchen dort aussehen, als könnte niemand ihnen etwas tun.

Deswegen beginnen sie zu laufen, Kalorien zu zählen, in hohen Schuhen zu gehen ohne umzufallen, und sie fallen trotzdem manchmal um.

Das Gitter lässt nichts mehr auf unsere Haut.

Vor uns bleibt es hängen und fällt herunter.

Wir sind verschieden, wir sind alleine, wir sind einzig, wir warten Tag und Nacht, wir wollen etwas, wir fürchten uns, wir kennen einander, wir wollen mehr, als wir haben, wir schlagen uns tot, wir trösten uns, wir sind grausam, wir sind gefährlich und innig.

Die Zitadelle des Egos, die Überhitzten und die Kalten, die Totgeschlagenen und die Quicklebendigen, die erschossenen Tiere und die unglücklichen Menschen halten sich aneinander fest.

Es beißt zu.

Und keiner lacht.

Die Frau, das Meer, das Kreuz

Sie brach einen Ast aus dem Menschengerippe und zündete ein Feuer damit an.

Sie zog eine Silhouette mit ihrem Blut auf den Boden und säte Ringelblumen hinein. Sie zerbrach den steinernen Krug. Sie ging nie mehr zurück nach Hause.

Als sie das Kreuz aufrichteten, stand sie am Meer und schaute hoch. Es war schön. Es ragte hoch auf. Es war aus Holz. Und rund herum standen viele Menschen. Die Wellen schlugen an die Felsen. Ihr Gewand reichte bis zum Boden. Es war rot. Die Ringelblumen brauchen viel Zeit, bis sie blühen, dachte sie. Und sie blühen orange.
    Sie war von daheim weggegangen.

Ihre Silhouette war im Boden. Wie ein Abdruck eines Körpers in der Erde, wie Sand in verschiedenen Farben, in den sich jemand zum Schlafen gelegt hatte.
    Sie kämmte sich das Haar mit den Fingern und sah hoch. Sie sprechen in Schichten, dachte sie. Sie sprechen so, als ob jemand für sie spricht. Sie verwenden die Worte von anderen Menschen. Sie las die Sandkörner zwischen den Sätzen auf und ließ sie verschwinden, weil

sie beim Reden nur stören. Sie machte, dass die Worte leichter wurden.

Die Menschen am Kreuz sahen sie nicht am Meer stehen. Sie hatten das Feuer gesehen, aber sie kannten es nicht. Sie merkten nur, dass ihre Sätze in die Luft flogen und rot wurden, rot wie Blut, aber wie schönes Blut. Sie dachte, wie merkwürdig die Menschen doch sein können, und wie interessant. Das harte Gras am Ufer bog sich in dem Wind. Und kein Mensch sah es. Auf dem Meer war weißer Schaum. Aus dem Meer stieg eine Säule aus Rauch.

So etwas hatte sie noch nie gesehen.

Die Menschen am Kreuz drehten sich hin zu ihr. Aber es konnte sie niemand sehen. Sie sahen die Säule aus Rauch, wie sie aus dem Meer kam. Ihr Gewand wurde nass.

Sie mochte Glockenblumen, aber es gab keine an diesem Ort.

Der Himmel war weiß.

Das Gras bog sich in dem Wind. Und die Wolken hingen tief. Und die Menschen.

Ihre Füße standen im kalten Wasser. Sie dachte daran, wovor die Menschen am Kreuz sich wohl fürchteten. Die Rauchsäule stieg auf. Sie hob die Hand. Die Menschen hatten ihr nichts getan.

Die einen unterscheiden sich von den anderen.

Die Menschen beim Kreuz sprachen miteinander. Sie sagten die Wahrheit. Und dann passierte etwas. Die Säule aus Rauch zog hoch. Und wurde größer. Sie hob die Hand. Sie hatten ihr nie etwas getan. Aber die Rauchsäule ging nicht weg. Sie legte sich über die Menschen. Das Kreuz verbrannte. Sie machte den Mund auf, um die Asche zu schlucken. Aber der Wind nahm sie mit. Er blies stark. Ihr Kleid war rot.

Und die Säume waren nass. Und die Füße waren kalt, weil sie im kalten Wasser standen. Die Menschen sahen hinunter zu ihr. Sie sahen sie an. Die Ringelblumen brauchen lange, bis sie blühen, dachte sie.

In der Silhouette war Salzwasser aus dem Meer.

Sie wurde flacher.

Es dämmerte. Sie dachte, dass sie wohl nicht zu den Menschen dazugehörte, die beim Kreuz gestanden hatten. Sie mochte sie.

Es tat ihr leid. Die Wolken wurden dunkler.

Ihr Gewand bekam eine andere Farbe. Ihr Feuer aber wurde heller.

Es war ein Feuer aus Ästen und Knochen. Es brannte lange.

Es war anders, weil es sich verändert hatte. Es war nur ein kurzer Moment gewesen. Es war ohne Zeit. Nur der Moment. Die Knochen brannten. Die Menschen saßen plötzlich um den Aschenhaufen. Die Menschen vom Kreuz. Sie fürchtete sich. Sie dachte an bunte Blumen.

Uns ist kalt, sagten sie. Unser Kreuz ist verbrannt. Vorher war es noch warm. Jetzt ist es dunkel, sagte sie. Deshalb ist es kälter. Aber hier ist ein Feuer. Wer bist du?, fragten sie. Ich weiß es nicht, sagte sie. Aber ich habe gemacht, dass die Sandkörner zwischen den Sätzen verschwinden. Aber die Menschen wussten nichts von den Sandkörnern. Und sie waren glücklich.

Aber ihr wisst, dass das Kreuz weg ist, sagte sie. Das Kreuz haben wir gesehen und angefasst, sagten sie. Kein Wort, das man anfassen kann.

Es bleibt an der Oberfläche.

Menschen kann man anfassen.

Menschen gehen tief.

Bist du gut?, fragten sie.

Ich weiß es nicht, sagte sie. Ich bin von zu Hause weggegangen. Der Wind fegt über das Meer. Die Wellen machen Musik.

Die Menschen saßen in ihrer Silhouette. Sie fürchteten sich vor ihr. Sie begannen, Sandkörner über die Silhouette zu fegen, damit sie verschwinde. Aber sie wurde nur tiefer. Warum ist das so?, fragten sie. Ich weiß es nicht, sagte sie. Aber wenn ihr nicht damit aufhört, werdet ihr in das Loch fallen. Es wird immer größer. Ich will nicht, dass ihr verschwindet. Ihr habt mich doch jetzt gesehen, sagte sie.

Es war dunkel. Die Farben waren weg. Die Ringelblumen blühten orange im Dunkeln. Als ob sie warm wären. Die Zeit vergeht schnell, dachte sie. Sie waren orange. Sie blühten entlang ihrer Silhouette. Darin saßen die Menschen. Und gruben. Jetzt haben sie es warm, dachte sie. Dann waren sie weg. Sie weinte.

Es wurde heller. Es wurde Morgen. Sie pflückte die Köpfe von den Ringelblumen und streute sie ins Meer. Es wurde ein Kreis. Sie legte ihr Gewand beiseite. Es war jetzt wieder rot. Und das Meer blau. Dann stieg sie hinein. Und tauchte unter.

Lichter

Es ist dunkel geworden in der Welt, und nur noch die Bildschirme flackern, aber das ist kein richtiges Licht. Es ist nicht mehr richtig dunkel auf der Welt, weil immer die Bildschirme flackern, und keine Sterne mehr in der Nacht, weil vom falschen Licht wird es nicht mehr richtig dunkel.

Den Menschen die Luft zum Atmen nehmen und sie ihnen dann verkaufen, weil immerhin müssen sie atmen. Den Menschen einen Mangel schaffen und ein Bewusstsein dafür und sie dann von diesem Mangel erlösen.

Die Welt ist doch noch nicht fertig.

Der Holunder zeigt in die Welt unter unseren Füßen und keiner schaut hin. Die unterirdischen Quellen rauschen, sie rauschen immer. Was braucht man denn zum Leben? Erde.

Darauf wächst Gras und nicht nur Gras. Bäume, Früchte, Getreide, Tiere, Menschen.

Wer soll es denn tun, wenn nicht wir und nicht morgen?

Menschenskinder.

Die Welt ist unser Mittelpunkt, was denn sonst, wenn wir darauf leben.

Macht hat, wer sich die Macht nimmt. Wenn man etwas tut, wird es wahr. Und wenn es auch falsch ist, unrecht und grausam ist, aber wenn man es tut, ist es wahr.

Über dem Garten wölben sich die Sterne, in dem Garten wohnen die Igel und die Regenwürmer, darüber fallen die Sternschnuppen herunter, darin wachsen giftige Gewächse, darin wachsen Heilpflanzen, süße Früchte, tiefe Wurzeln, schwere Blätter mit Regentropfen, wenn die Kinder krank werden, geht man hinaus und fragt den Holunder. Man bringt ihm Milch, Bier, Brot, Wolle, man sagt, ihr Hollen und Hollinnen, hier bring ich euch etwas zu spinnen, hier bring ich euch etwas zu essen, ihr sollt meiner Kinder vergessen. Das Spinnrad der Schicksalsgöttin dreht sich. Es ist alt, älter als wir, aber nicht älter als die Menschen. Gibt es das denn? Älter als wir, aber nicht älter als die Menschen, was sind denn die Menschen? Singende Totenschädel, weiße Knochen, überwuchert vom Moos und weiß und grün.

Unser letzter Garten wartet auf uns und wir, was tun wir denn.

Die Hebamme hebt das kranke Kind nicht auf, sondern lässt es liegen. Die Ahnen holen es zurück. Es gibt Kinder, die nicht leben sollen, weil sie es nicht von alleine können, sagt sie. Die Ahnen kommen wieder. Wir ahnen etwas davon. Der Unterschied macht die Liebe aus.

Was man liebt, darf man nicht nur um seiner selbst willen am Leben lassen. Ab einem halben Kilo ist der Mensch ein Mensch. Was ist ein halber Kilo? Wo fängt es denn an, dass man lebt? Bei einem Gramm mehr oder weniger. Nur eine Frage. Die Seelen schwirren um die Welt und schauen, ob sie herunterkommen können.

Wem gehört die Welt, wem der Boden? Warum nicht allen, warum Einzelnen? Wenn jeder Mensch Erde zum Leben braucht, warum gehört sie dann so wenigen.

Alle brauchen das gleiche. Der Holunder zeigt in die Unterwelt.

Der Weg führt nach unten.

Kein Mensch kommt noch hinunter, keiner findet sie mehr.

Es zielt auf Untergang. Was es ist? Es ist ein Gittergeflecht.

Ein Bauer hat Tiere, Schafe.

Auf der Alm hat er sie ab Mai, weil da die besseren Gräser wachsen und die besseren Winde wehen. Und wenn es Juni ist, fängt es an zu schneien auf der Alm. Die Bauern sagen dazu Schafskälte. Warum denn wohl. Es gibt viel Schnee, die Schafe drängen sich aneinander. Der Bauer lässt sie erfrieren, weil dafür bekommt er Geld. Das heißt Schadenersatz. Weil es ihm ja ein Nachteil ist. Die Schafe sind erfroren und für das Geld kann man aber neue Schafe kaufen. Die Kinder mit einem halben Kilo Gewicht tanzen in der Atmosphäre, im Bauch des Himmels, im Kleid der Sterne, die Eltern stehen im Krankenhaus und zählen die Herztöne und sind traurig, wenn das Kind stirbt, ja, so ist das.

Über tote Kinder weinen, Gräber ausheben, Feste feiern, tanzen, Musik machen, die Toten begraben und die Lebenden sein lassen und nicht totsagen und sie sich nicht totvorstellen, bis sie nur noch davorstehen, einen Garten pflanzen und umgraben, die Steine singen hören und die

Igel, die Menschen singen auch, ja, aber die kann jeder Mensch hören, die Wälder abholzen, den Tieren und Menschen das Fell über die Ohren ziehen, Kinder nicht übers Knie legen, aber die Wälder abholzen und die Artgenossen ausbeuten, vom Zahlen das Danken verlernen. Undank macht unwürdig. Bezahlt oder nicht.

Wer bezahlt dieses Leben?

Ja, man kann sich zu essen kaufen.
 Ja, man kann sich Pflanzen kaufen. Boden, Grund, Gras, ein Grab.
 Ja, man kann sich Tiere kaufen.
 Ja, man kann Menschen kaufen.

Das ist die Welt, in der wir leben. Wenn man nach dem anderen fragt, wird es sichtbar. Es gibt ein anderes.
 Nicht, dass man etwas kaufen kann.
 Dass man seine Dankbarkeit deshalb verliert.
 Und seine Demut.
 Was macht das denn?

Es ist wegen uns.
 Wenn wir dankbar sind, sind wir anders, als wenn wir undankbar sind.
 Wenn wir würdig sind, sind wir anders, als wenn wir unwürdig sind.
 Wenn wir jemanden mögen, sind wir anders, als wenn wir jemanden nicht mögen.

Das Problem ist, dass es vorher nichts gibt, sagt die Frau von der Beratungsstelle. Wenn die Kinder gewalttätig werden, Drogen nehmen, ihre Haut verkaufen und verderben, gibt es ein Programm. Dann kommen die Psychiater, Therapeuten, Ärzte, die Ämter, die Behörden, die Stellen. Solange sie nur keine Arbeit haben und ein paar Schulden, ja wer hat die denn nicht, ist doch nichts? Solange sie nur den ganzen Tag fernsehen, nicht mehr zur Schule gehen und keiner etwas will von ihnen, ist doch nichts.

Erst müssen sie gewalttätig werden.

Dann ist etwas. Dann passiert etwas.

Vielleicht werden sie deswegen gewalttätig.

Für keine Arbeit bekommt man mehr Geld als für Arbeit, für tote Schafe bekommt man mehr Geld als für lebendige, man lässt die Alten nicht sterben, weil es dafür mehr Geld gibt, man lässt die Kranken immer noch kränker werden, weil es dafür Geld gibt, man lässt die Kinder, die nicht selber leben können, leben, weil es Geld gibt, und wenn die Menschen in den schwarzen Anzügen am Rande des Vulkankraters zu den Todesklängen tanzen, gibt es ein Rettungsbudget, einen Krisenplan, spricht man von Unterstützung, muss man die Banken retten, geht's der Wirtschaft gut, geht's uns allen gut. Nein, das stimmt nicht, das ist nicht wahr. Der Wirtschaft würde es besser gehen, wenn alle umsonst arbeiten würden, den Menschen nicht.

Es war viel Geld da, das jetzt nicht mehr da ist, und wo ist es denn hin? Das muss verbraucht worden sein, sonst wäre es noch da.

Vielleicht ist es verbraucht worden, obwohl man wusste, dass es noch gar nicht da ist.

Auf den Almen grasen die Skelette der toten Schafe.

Auf der Liege im Gefängnis liegt ein Gefangener und zählt seine letzten Herzschläge.

Wir müssen den Gürtel enger schnallen. Sparen Sie vierzig Prozent, profitieren Sie, seien Sie Ihr eigener Manager, gewinnen Sie, kassieren Sie die Prämie, kaufen Sie Energiesparlampen, sparen Sie!

Wer hat es gemacht, wer ist schuld? Es gibt jemanden, der Schuld ist, so ist die Welt, in der wir leben. Wer hat es denn getan?

Woher wissen wir denn, dass es eine Krise gibt? Aus dem Fernsehen?

Aus der Zeitung? Ist das denn das Höchste, Letzte?

Ja dann.

Was ist mit dem Wald? Was ist mit der Nacht? Was ist mit dem Sternenzelt über dem Garten? Das ist da. Was ist mit den Bäumen, mit den Pflanzen? Niemand hat sie bezahlt, sie sind da. Sie säen sich selber aus. Im Spinnrad der Schicksalsgöttin keimen die Samen am Ende der dunkelsten Nacht des Jahres. Die Erde ist eben. Und wenn es die Menschen beutelt, und wenn die Öfen ausgehen, und wenn die Flugzeuge abstürzen, und wenn die Bilanzen krachen, und wenn die Mägen sich umdrehen, und wenn uns der billige Zucker und das weiße Mehl vergiften, die Samen keimen.

Solange der Schnee weiß ist, ist der Winter nicht dunkel.

Was ist denn das, ein F1-Hybrid?, frage ich in der Gärtnerei, eine bessere Züchtung, sagt die Frau, die Pflanzen bekommen keine Krankheiten und es gibt mehr Ertrag, kann ich die Samen dann nächstes Jahr wieder aussäen?, frage ich, nein, sagt die Frau, sie sind nicht mehr keimfähig. Es ist eine bessere Züchtung. Besser für die Wirtschaft. Nächstes Jahr kommen die Leute wieder und kaufen die Pflanzen wieder. Würden die Samen keimen können, kämen die Leute vielleicht nicht mehr. Geht's der Wirtschaft gut, geht's uns allen gut.

Wer ist denn wir alle? Die Kranken und die Arbeitslosen auch?

Der Garten kümmert sich nicht um die Wirtschaft. Wenn man gesunde Samen aussät, wachsen sie. Die Pflanzen, die daraus wachsen, bekommen neue Samen. Sie kosten nichts. Was brauchen wir denn? Schlaf, Wärme, trockene Kleider, Wasser, Liebe. Und zu essen.

Und Licht in den Augen und Luft in den Lungen und Erde unter den Füßen und Feuer unter den Knochen.

Eine alte Frau aus dem Schwarzwald will zum Arzt gehen und verläuft sich in diesem Schwarzwald, nach vier Tagen findet man sie, sie lebt aber nicht mehr.

Einer, der des Lebens müde ist, steht auf der Brücke und schaut hinunter, unten steht die Feuerwehr mit einem Netz und die Polizei und die Rettung und alle schreien Nein, Nein, Nein! Ein anderer Mann geht hinter dem, der am Rand der Brücke steht, vorbei und stößt ihn hinunter.

Eine verwirrte Frau geht um den alten Bauernhof herum und reißt die Blumen aus den Fensterkästen mitsamt der Wurzel aus und fragt die Hausfrau, ob sie sie ihr schenkt, weil sie ja wohl genug davon hat und sie bei ihr sonst nicht mehr blühen würden. Sie sei schon viel zu spät dran heuer und wenn sie ihr doch so gut gefallen, die Blumen.

Was sind gesunde Samen, was sind Krebsgeschwüre, was sind Magersüchte, was Vandalen, was Glühwürmchen und Stein-und-Beingefrorenes, was ist frischgebackenes Brot, heiße Suppe mit rohem Eidotter, warmer Ofen, was sind kranke Kinder, verdorbene Menschen, halbes-Kilo-Babys, traurige Eltern, Plakatwerbungen, Fernseher, Meetings, Massenveranstaltungen, Devisen, Zinsen, Prozentsätze, ja und Amen. Was ist ein Gebet oder ein Fluch.

Giftiger Reif legt sich am Morgen über die Felder, bevor die Sonne aufgeht, wenn die Flüsse vergiftet sind, steigt aus ihnen giftiger Nebel auf und legt sich als giftiger Reif auf die Felder.

Giftiger Reif geht als roter Nebel nieder auf die Köpfe der Menschen und aus ihnen werden Vandalen, Gewalttätige, Süchtige, Kranke, Randalierer und Schläger, depressive Ansonstengesunde, gekränkte Egos, beleidigte Jammerer und eingebildete Verlierer.

Die schwarze Galle steigt auf, der rote Nebel geht nieder auf die Köpfe der Menschen.

Ihnen dann die Luft zum Atmen nehmen und sie ihnen verkaufen, weil atmen müssen sie und es bringt Geld, geht's der Wirtschaft gut, geht's uns allen gut.

Und wehe, es sagt einer Nein.

Die Schnecken im Garten fressen die Salatblätter, das ist ihre Natur und etwas müssen sie ja fressen. Schädlinge heißt das.

Die Menschen vertun Geld, das ihnen nicht gehört, das gar nicht da ist, Rettungsprogramm, Rehabilitierung, Urlaub, Frühpension, ja und Amen, vielen Dank.

In einem fernen Land schlägt man einer Frau die Hand ab, weil sie Geld gestohlen hat. Dabei war sie es gar nicht, sie stand nur daneben, als das Geld wegkam.

In einem fernen Land spricht man von Freiheit, man spricht von Freiheit und dabei wird alles enger und ängstlicher, wovon will man denn frei sein, wenn man schon davon redet, frei zu sein. In diesem Land, wo es alles gibt und alles geht, werden Menschen umgebracht, sie werden mit dem Tod bestraft, wenn sie krank sind, darf man sie nicht umbringen, und wenn man sie umbringt, darf es nicht wehtun, sonst ist es nämlich bestialisch. Und wir sind keine Bestien.

Aber man bringt sie um, man bringt sie um. Tot ist tot. Der Schmerz ist nicht korrekt, umbringen ist nicht das Problem, wenn es nicht wehtut. Dann fragt keiner mehr.

Betäubung der Lebenden.

Wer eine Ahnung vom Tod hat, kann auch leben, wer keine Ahnung vom Leben hat, der kennt auch keinen Tod.

Wenn alle glücklich sein wollen, wieso sind sie es dort, wo es alles gibt, nie? Wenn von vollen Mägen, Arbeit, Kindern, Bildung, Autos, Häusern, Rechten und Freiheit alle zufrieden würden, wieso machen sich dann alle selber kaputt, da wo es das alles gibt?

Nicht gesund machen, kränker werden und am Leben lassen, das ist die Kunst, wo Mangel, da Bedürfnis und da auch Kapital.

Amen.

Amen.

Amen.

Nicht sterben.

Wir müssen Sie am Herzen operieren, haben die Ärzte zu der Urgroßmutter mit zweiundneunzig gesagt, so weit kommt's noch, meinte sie, ich gehe nach Hause, lege mich in mein Bett und sterbe! Das hat sie dann auch getan.

So ist das eben, hat sie gesagt, bevor sie der Suppenhenne den Kopf abschlug, so ist das im Leben.

Aus den Fingern fließt das Wasser.

Den Menschen die Luft zum Atmen wegnehmen und sie ihnen dann verkaufen, weil atmen müssen sie ja. Die Natur vergiften und dann die Umwelt schützen wollen, wo man sie doch nicht zu schützen braucht, als würden wir die Natur überleben. Bevor wir sie vernichten, tilgt sie uns von diesem Planeten. Überall, wo etwas zu viel ist, nimmt sie etwas weg, wo etwas zu wenig ist, gibt sie etwas dazu. Nicht aus Gerechtigkeitssinn, sondern weil sie so überlebt. Neben der Autobahn wächst der Baldrian. Weil er beruhigt. Wo das Übel, da die Heilung.

Ein Mann geht in den Wald, der ihm nicht gehört, und gräbt die Erde um. Er wohnt im Wald und gräbt die Erde, die nicht ihm gehört, um. Man will ihn fortjagen, aber er geht nicht. Man fragt ihn, warum er nicht arbeitet, er sagt, er arbeitet den ganzen Tag, weil er von dem lebt, was bei ihm wächst. Das ist keine Arbeit, sagen sie. Er hat keine Versicherung. Ist es deshalb keine Arbeit?

Woher weiß man denn, was man weiß? Gibt es eine Krise oder gibt es sie nicht? Vielleicht sagt man das nur, weil man dann weniger für die Arbeit bezahlen muss, weil die Leute dann froh sind um alles, was sie bekommen, man muss zurückstecken wegen der Krise, man muss sich mit weniger zufrieden geben wegen der Krise, wer hat sie denn gesehen, wo ist sie denn?

Auf dem Papier, in den Köpfen, vielleicht gibt es sie, weil wir daran glauben, dass es sie gibt.

Vielleicht gibt es sie, weil die Zeitung sagt, dass es sie gibt, und das Fernsehen.

Was ist denn ungerecht, wenn man es nur richtig nennen kann?

Dass die Menschen kein Leben mehr haben, keine Tiere, keine Kinder, keine Sprache, keine Geister, dass die Toten einfach weg sind, dass es beim Marathon auf Sekundenbruchteile ankommt, dass die Menschen sich freiwillig selber vergiften, dass sie Wörter erfunden haben, damit das, was sie tun, gerecht wird, dass es gerecht ist, wenn es nicht wehtut, das ist doch nicht richtig, dagegen muss man sich doch wehren.

Wo der Tod ist, ist kein giftiger Reif. Sondern Lichter über dem Wald. Ihm muss man Brot und Wein bringen, Kerzen anzünden, Kinder mit einem halben Kilo Gewicht muss man ihm überlassen, er kümmert sich schon darum und wenn die Zeit reif ist, kommen sie zurück auf die Erde mit einem besseren Körper, der nicht zu schwach zum Leben ist, und sie kommen herunter über die Sprossenleiter der Planeten und schwirren um die Menschenfrauen und kriechen in Höhlen, werden im Meer geschaukelt und dann geboren.

Rückgewinnung von Unschuld

Vom Friedhof her winkt das leichte Leben
er gibt seine Hand der Tödin
wegen der unsterblichen Liebe

Es scheint, als wären manche Menschen zum Sterben geboren, mehr als alle anderen, die das auch müssen. Deren Körper sich ins Grab legt, wie jemand anderer sich in ein Federbett. Das sind die Erlösten und Geplagten, diejenigen, die suchen und nicht wissen was, bis sie bei sich stehen bleiben. Und von sich nicht genug bekommen. Es auskosten und ausloten, das Ich an den Rand des Bewusstseins drängen, sich malträtieren, alle möglichen Schrecken erleben, die zwischen Fleisch und weißen Knochen nur erlebbar sind. Die die Finger durch ihr eigenes Herz bohren, damit sie wissen, wie sich das anfühlt. Weil mit der Vorstellung alleine sind sie nicht zufrieden.

In Memoriam Georg Trakl.

Keine Ruhe in diesem Körper und deshalb auch kein Schlaf, aber Sehnsucht nach dem eigenen Fleisch und Rückgewinnung der Unschuld. Kristallene Heiligenfiguren zerbrechen unter dem heißen Blut des Sünders, der keiner ist.

Draußen Juni und Blütenblätter wie fallender Schnee. Drinnen stürmt es, in der Brust, aber man hört nur ein leises Rauschen und flackernde Sterne. Am inneren Auge kleben Farbfetzen und im Magen zwei schwarze Knoten. Das Hirn dreht sich im Kreis, ohne Acht zu geben, ob der Rest des Körpers mitmacht, und dreht sich so selbst den Hals um, wie es scheint.

Von hoch oben im Äther die Stimme Gottes tropft in kleinen Wörtern herunter. Die Glaskugel zerplatzt in der schweren Brust und schüttet Schmerz aus in den Körper. Zuckende Lichtblitze pfeifen durch die Ohren und Augen. Noch näher geht es fast nicht mehr. Noch weiter weg geht es fast nicht mehr. Wohin führt das, die Fragen bleiben da und lassen sich nicht auslöschen. Gottes Hauch am Ohr und jäher Abgrund, zerschlägt sich die Form.

Plötzlich Ruhe. Kein Gedanke mehr, der Kopf hat aufgegeben, aber das Herz nicht. Ein Menschenkörper hält viel aus. Mehr, als man manchmal will. Ein Lichtstrahl projiziert sich aufs Papier, quer durchs Auge. Und die Tinte rinnt wie aus einer offenen Wunde. Danach tut das Leben wieder gut. Von Zeit zu Zeit muss man sich selbst aushalten, aber immer kann man das nicht, die Wörter Gottes rinnen dahin. Es leert sich der Kopf und füllen sich die Blätter mit bitterem Witz. Vor lauter Angst vor dem Tod am liebsten sterben wollen. So sinkt der Mensch auf den Grund seines Wesens und träumt vom Schlaf.

Die Tödin senkt ihr Herz in den Mensch und er liebt. Sie streichelt seine Haut und sagt, ich führe dich weg von hier. Er sieht andere fallen und sterben und merkt, er ist nicht alleine in diesem Jenseits. Fragt sich, darf ich hier sein, wo ich jetzt bin? Und die Liebe bringt ihm Schmerzen und so hängt er sich auf am eigenen Kreuz. Das alte Blut vermischt sich zu neuem und Menschen fallen wie die Fliegen.

Ein Wirbel legt sich über das Gehäuse von Fleisch und die Gedanken blitzen auf. Zwei Körper verstecken sich in einem und entzweien sich doch in der Umarmung. Maria verzeiht in ihrer Huld.

Es gibt Menschen, die bis zur Schmerzgrenze lieben oder sündigen, damit sie wissen, wo die Grenze ist. Die die Voraussicht auf ein Leben haben, das nie ganz erfüllt sein wird, und daraufhin erliegen, ohne jemals ganz aufzugeben. Vom Leben kann man sterben, das wissen sie. Hören die Glocken läuten und beten für sich selbst den Rosenkranz, weil sie wissen, dass sie zum Sterben geboren sind und nie lange hier bleiben, auf dieser Welt.

Für sie werden zu Lebzeiten Requien geschrieben.

Kreise

Am Anfang
Nur die Buchstaben
Und ich werde kleiner
Vor so viel Schmerz

Zwischen den Zeilen
Dieser Sätze
Werde ich wahrer
Auch wenn es ein Fehler war

Am Ende
Kein Punkt
Nur der leere Mund
Und Grodek

Alles auf dieser Welt ist leichter, wenn es da einen Menschen gibt, der einen liebt und hält. Der einem Zuflucht gibt, auch für seine Seele.

Ein Ort, wo man hinkann und behütet ist, wo man sich verstecken kann, wenn man einmal nicht gefunden werden will, von sich oder anderen. Ist es feige, einmal nicht gesehen werden zu wollen, wenn alles so schwer ist und das rationale Leben nicht so wichtig, weil einem die Seele wehtut? Dann muss man abseits gehen und für alle anderen unsichtbar sein. Seine eigenen Wege, auch wenn man manchmal nicht weiß, wohin sie führen. Weg von den Menschen und näher zu sich.

Das ist ein Gefühl
Als ob man hinter einen Spiegel sieht
Man geht zur Quelle
Und der Spiegel zerbricht

Es ist Abend, Schatten senken sich über die Felder und der Wind singt. Die Wälder wissen, dass es langsam Herbst wird und eine neue Zeit kommt. Nebel und Geister ziehen vorüber, manchmal nehmen sie jemanden mit. Lichter werden angezündet und die Menschen gehen freudig heim, denn daheim ist es warm. Die kahlen Hecken lassen ihre Blätter knistern. Die Wörter fließen aus offenen Mündern und bleiben stehen am weißen Grund. Bewegen sich nicht mehr. Wenn außen alles weniger wird, wird innen alles mehr.

Die Tödin ergreift freudig seine Hand und gibt ihm Zeit und Raum. Er hüllt sich zu ihr in ihren Mantel und Ruhe senkt sich in seine Brust. Im November gehen die Menschen gerne nach Hause, denn daheim ist es warm. Rücken zusammen und müssen nicht mehr warten auf den Sommer.

Sie sagen, wir liegen

Es gibt ein Grab, das trägt meinen Namen. Da liegt jemand, der meinen Namen hatte, oder ich habe seinen. Dieses eine Leben.

Es ist Sommer im Wald und es ist warm. Das Moos kriecht über die Steine und die Grabsprüche flüstern. Es weht ein leiser Wind. Und weiter oben in den Bäumen singen die Vögel und noch weiter oben in den Bergen singt der Wind lauter. Durch die Reihen der Gräber gehen unsichtbare Menschen. Ein leichter Hauch begleitet sie, wenn sie vorbeigehen an den Lebenden lachen sie und freuen sich. Wenn sie nicht mehr bleiben wollen, steigen sie hoch auf in die Luft und gehen zurück in die Berge. Da wohnt mein Großvater, da hat er sein Haus. Das ist gebaut aus unsichtbaren Steinen, aus Dunst und Nebel. Deshalb kann man ihn so schwer sehen darin.

Auf diesem Acker landen sie alle, sagen die Toten. Das ganze Leben rackert man sich ab und dann so was. Erst recht wieder neben dem Nachbarn liegen, weil der sich ja nicht noch zwei Wochen Zeit lassen konnte mit dem Sterben. Sie sagen, immer nur liegen hält doch kein Mensch aus, nicht einmal, wenn er tot ist. Das sagen sie und gleiten leise heraus aus dem Boden, schauen sich um, wärmen sich auf. Sie drängen nach draußen. Da unten sei es zu langweilig, sagen sie.

Die Bäume ringsum blühen, die Blumen auf den Gräbern blühen auch. Es ist schön hier und warm. Wenn es immer so sein würde, möchte man sogar hier bleiben. Die Steinreihen stehen an den Kopfenden der Grasbetten, der letzten Gärten auf Erden, mit Gedichten darauf und weinenden kleinen Engeln. Die Unsichtbaren schwimmen durch die warme Luft. Sie kennen nur mehr das Sein ohne zu denken. Sie tanzen durch den Erdboden hindurch. Sie sind lebendiger als die Lebendigen. Weil sie nicht mehr denken müssen, weil sie nicht mehr denken können. Ja.

Die weißen Knochen leuchten im Dunkeln, die Unsichtbaren reihen sich aneinander und tanzen mit den Knochen, mit den Kindern, mit den Gewollten und den Verzweifelten, mit den Grausamen und Verschlagenen, mit den Heimischen und den Anderweitigen, mit den Alten und Verlassenen, mit den Schönen, mit den Verlorenen, mit den Lebenden und den Toten.

Sie machen einen Kreis. Sie tanzen entlang des Kreises. Sie hören nicht auf. Sie geben mir die Hand und sie ist warm. Wir fallen in keine Gruben, wir legen uns in Betten aus Gras, wir bleiben hier und gehen fort, wir verändern uns, wir hören auf zu denken. Der Wind macht die Musik und alles wird stiller. Wir lösen uns in Luft auf. Sehen eine lange Kette von Menschen, hunderte Jahre vor uns und nach uns. Auf dieser Welt und außerhalb der Welt. Schneeweiße Knochen tanzen in der dunklen Nacht. Es kommen die Lebenden auf den Friedhof und machen ein Fest. Sie machen Musik und zünden Lichter an. Backen Brot für die Toten, damit sie keinen Hunger mehr haben.

Ich komme unter die Lebenden und die Toten und weiß nicht, wohin mit mir. Die Blumen blühen und auf dem Gras liegt der Tau. Wie viel mehr kann man sehen, wenn man wacher ist. Wie viel mehr kann man ohne Augen sehen, wenn man einen Traum hat, sieht man, ohne ein Auge offenzuhalten, wenn man seinen Körper hinter sich lässt, wird es heller und lichter. Braucht man Haut zum Spüren, wenn man im Traum nicht einmal Augen zum Sehen braucht?

Der Fleischkörper nimmt den Lichtkörper bei der Hand und sie tanzen einen ewigen Reigen in die Unsichtbarkeit.

Eine Hülle ist um uns, eine Blase wie aus Wasser hüllt uns ein, sie zittert bei jedem unserer Schritte. Das Seifenblasenleben kann wilder und stärker sein. Das will es sein.

Weil am Friedhof bleibt der Körper dann liegen. Der Tod hat einen Meterstab mit nur einem Maß darauf, um das Leben zu messen. In der Sanduhr liegt ein einziges goldenes Korn. Weil wir nicht wissen, ob es danach noch eines gibt.

Ich komme hinter den Atem meines Großvaters. Er redet mit mir ohne Stimme und ohne Körper und er sagt die Wahrheit. In den Bergen liegt die Ruhe, in den Bergen lag sein Körper, jetzt ist er nicht mehr da, aber der Großvater redet mit mir und redet und hört nicht auf. Er schaut nicht durch mich hindurch, sondern schaut mich an und tiefer an. Dasselbe Sehen ohne Augen, vielleicht träumen wir dieses Leben und werden munter, wenn wir dann tot sind.

Die Unsichtbaren ahnt man, sonst würde man nicht glauben, dass es da etwas gibt, das man nicht sehen kann. Angst haben nur die Lebenden.

Ich kenne keine Stunde ohne das Unsichtbare. Ich verschenke meine Augen. Durch die Lücken, durch das Gittergeflecht, durch die Netzhaut von unserem Denken können wir uns durchschwindeln, hinausstehlen ins unbekannte Leben, wo niemand vorher jemals etwas gesagt hat, das man schon wusste. Alles ist neu. Und die Welt ein Wunder.

Die Toten lachen, die Lebenden tanzen ihnen nach und in diesem Tanz verlieren sie ihre Körper, aber nicht sich selbst, lassen das Fleisch fallen, werfen die Kleider ab und sogar die Haut, bis auf die Knochen werden sie nackt und wir singen und gehen der Erde entgegen in der langen Kette der unsichtbaren Menschen vor uns und gehen der sichtbaren nach, verlieren unser Gut und unser Böse, reihen uns ein zwischen die Sünder und Heiligen, tanzen mit den Engeln und Dämonen und werden am Ende dann endlich ganz.

Vor dem Regen, nach dem Wind und der war kalt

Vor dem Regen, nach dem Wind und der war kalt.
Fühlen, das tut man mit der Haut und dem Herz.
Denken soll man mit dem Bauch und nicht mit dem Kopf, weil der nur sich selbst kennt.

Wir haben nie Angst, es gibt keine Angst. Wir haben nur einen Kopf und der macht uns Angst. Wir haben keine Schmerzen, wir haben nicht zu kalt und nicht zu warm.
Wir werden nicht müde.
Wir lassen Dinge sein.

Unser Herz ist nicht leergefegt, wir haben darin etwas, das wahrhaftig ist. Unser Kopf sitzt uns auf den Schultern, unser Verstand ist nicht unser Verstand. Wir benutzen unseren Verstand nicht, weil er uns benutzt. Wir können laufen, so schnell wie die Wolken ziehen können.
Wir springen über Bäume, wir essen Steine und trinken Wasser dazu. Wir geben nicht auf. Schwimmen heim.

Wieso sind wir, wenn wir nicht unendlich sind?

Hab keine Angst im Dunklen, weil es nicht dunkel ist. Was wir sehen, ist nicht das, was da ist.

Zwischen den Rippen sitzt das Fleisch und lauert uns auf. Da sind wir nicht daheim.

Wir sind gemacht aus Leuchtpunkten und pulsierendem Fleisch dazwischen, das uns nicht bleibt. Die leuchtenden Punkte tanzen und wir stehen still daneben. Das ist unser Verstand.

An unseren Fingern klebt der Hauch vom Regen. Wir freuen uns, heute haben wir kalten Wind, der fegt uns den Kopf leer. Ein leerer Kopf ist leicht zu tragen.

Wir mühen uns an anderen ab, wo wir uns an uns selbst abmühen sollen. Da geben wir nicht auf. Diese Welt ist nicht unsere Welt und doch unsere Welt, wir leben darauf, wo wir darin leben sollten, denn dann leben wir auch in uns.

Wir leben zwischen den Menschen, mit den Menschen, wir mögen manche Menschen und mögen andere nicht, wir sind nicht immer gleich.

Zwischen gestern und morgen spielt es sich ab und dafür haben wir nur das eine Wort: Heute.

Bei uns zu bleiben ist uns zu wenig, wir verlassen uns, aber wir kommen wieder zurück.

Wir gehen hinaus in den Wald. Da bluten wir nicht aus, sondern kommen uns auf die Schliche.

Der dunkle Wald tut uns gut. Dort verstecken wir uns mitsamt unseren Geheimnissen und bleiben offen. Gehen rückwärts und halten an uns. Verlieren unser Gut und unser Böse.

Bleiben bis auf die Knochen wir. Sammeln unsere Knochen zusammen und lachen laut auf dabei. Wo der Bach aufgestaut ist, ist das Wasser tief.
So tief.

Wir kommen zum tiefen Wasser und werden leiser. Wenn wir hineinschauen, sehen wir unser Spiegelbild und nicht uns. Wir kennen den Unterschied nicht, wo wir ihn doch kennen sollten, deswegen sind wir auf der Welt.

Schwimm doch heim, durch den Fluss. Der Fluss sieht an der Oberfläche nicht tief aus, sondern flach. Darunter ist er tief und darunter sieht man nicht.

Eine schöne Hülle kostet viel Kraft. Wir wollen gerne schön sein.
Wir wollen gerne schön sein, weil dann sind wir nicht so allein, glauben wir.
Kann das richtig sein, was ist?
Ist das zu ändern?
Wir lassen Dinge sein, weil wir Dinge sein lassen können.
Unser Herz ist nicht leergefegt, sondern wird voller. Die Hülle kostet Kraft.

Wir brauchen Kraft für andere Dinge. Die müssen wir ausgraben aus unserer Brust.

Wir suchen sie im Wald, weil wir sie dort finden, und im Wasser, das rinnt.

Wenn wir im Wald sind und es ist dunkel. Wenn wir im Wald sind und es ist dunkel, dann sind wir schön, dann müssen wir nämlich nur sein. Und wir fürchten uns.

Zuerst fürchten wir uns immer. Später fürchten wir uns nicht mehr.

Aber nur, wenn wir uns vorher gefürchtet haben.

Komm näher.

Zwischen unseren Rippen sitzt die Glut und wärmt uns das Leben. Wir nähren das Leben.

Wir mögen kein gelogenes Leben und mögen doch gerne lügen. Und das ist wahr.

Ist das nicht wahr?

Aus unserem Bauch steigt der Dampf von kochenden Wassern und kochendem Blut.

Aus dem Boden kriechen unsere Wurzeln an unseren Füßen nach oben.

Wir haben doch nur dieses eine Leben.

Ja, sagen die Wurzeln.

Ja, sagen das Blut und das kochende Wasser.

Wir haben nur dieses eine Leben.

Wir brauchen keine Oberfläche, nur unsere Augen. Wir nicht.

Wir haben nie Angst, es gibt keine Angst, wir fürchten uns vor uns. Unser Kopf macht uns Angst, er sitzt drauf auf uns und darin unser Verstand.

Über unserem Verstand kreisen die Schatten wie Vögel.

Wir haben das Moos unter unseren Füßen und den Hauch vom Regen zwischen den Fingern. Wir haben unsere Haut auf unseren Knochen, die wir gefunden haben. Wir lachen mit allem, was in uns wohnt. Wir haben nie zu kalt und nie zu warm. Wir werden nie müde.

Wir haben nie Hunger. Wir ernähren uns vom Nebel, der in unsere Münder weht. Wir trinken von der kalten Luft. Tanzen mit den glühenden Punkten im Dunkeln, wo niemand uns sieht.

Wo wir wahrer werden, zerbricht das Spiegelbild vom Leben.

Dann brauchen wir nichts mehr.

Nur noch sein.

Denken soll man mit dem Bauch und nicht mit dem Kopf, weil der nur sich selbst kennt.
Fühlen, das tut man mit der Haut und mit dem Herz.
Vor dem Regen, nach dem Wind und der war kalt.

In unseren Köpfen die Bilder

Überall Bilder, wo man hinschaut, sind Bilder, und wenn
man in die Luft schaut, ist es blau oder weiß, und wenn
man auf den Boden schaut, grün oder grau, und wenn
man ins Feuer schaut, ist es orange und rot. Die Zeit ist
gemacht aus Bildern. Sie hören manchmal auf, wenn wir
schlafen und sie hören ganz auf, wenn wir sterben.

Aber jetzt leben wir und wo schauen wir hin.

Alles gibt es und alles gleichzeitig und die Menschen
mittendrin, in der Wüste haben sie fast kein Wasser und
wenn man an die Wüste denkt, sind da Bilder von Oasen
und Beduinenzelten und Bäumen mit Datteln und von
schwarzgeschminkten Augen und verschleierten Frauen
und hennaroten Haaren und tanzenden Derwischen und
einem rufenden Muezzin und träge dahinziehenden Ka-
melen und Familien mit vielen Kindern und süßem Tee
und glühendem Sand und safrangelben Kleidern. Es gibt
schwarzes, teures Öl, es werden überall Löcher gebohrt,
um das Öl zu bekommen, es gibt Streit, wem es gehört,
es gibt sogar Krieg.
    Die Gebetsketten fallen auf den Boden, die Kinder lau-
fen auseinander, die Frauen wischen sich den Kohl von
den Augen.

In Europa gibt es warmes Wasser aus der Leitung.

An den Polen ist Eis und es gibt Menschen, die mit der
Leine Lachse aus den Eislöchern fischen, die Lieder singen und zu diesem Rhythmus die Netze aus dem Meer
ziehen, die ihre Wohnungen aus Eis bauen, denen der
Atem vor der Nase gefriert, die sich nicht küssen, weil
sie sonst zusammenkleben, die mit dem Hundeschlitten
fahren, die sich aus Eisbärenfell Kleider machen, aber es
wird immer wärmer. Der Angakoq singt eine Krankheit
heraus aus dem Kind, die Lachse zappeln in den Netzen,
die Kälte bäckt die Eisbrocken der Wände zusammen, es
gibt Bakterien dort und Mikrochips und Computerfirmen
und zusammengefrorene Nasen und Rentierherden und
Raumfahrtstationen, schwimmende Eisschollen und un-
heilbare Krankheiten und Reservate, in denen man nach
Öl sucht, und fliehende Herden und fallende Blätter.

In Europa kann man überallhin mit dem Auto fahren.

Im Regenwald wachsen wilde Früchte und leben Menschen, die fast nichts anziehen, weil es dort immer warm
ist und regnet, und es blühen wilde Orchideen und dort
leben wilde Tiere und heilige Männer brauen die große
Medizin in ihren Kesseln, es gibt Bäume mit Milchsaft,
der die Wunden verschließt, es gibt fiebersenkenden
Pflanzensaft, es gibt süße Bananen und berauschende
Pilze – ja, das gibt es auch. Es gibt Motorsägen, die die
Bäume umfallen lassen, es gibt Bagger, die die Böden
umgraben, es gibt auffliegende Vögel, es gibt giftige

Ameisen, fleischfressende Pflanzen, Maschinen, die Samen aussäen, es gibt Feuer, das alles niederbrennt, und Menschen, die mit ihren Pfeilen Fische fangen.

Es gibt weiße Flecken auf der Landkarte, es gibt unbekannte Erdteile. Das beruhigt.

Fängt die Welt da an, wo wir sie nicht neu erfinden müssen?

Es gibt fliegende Fische.

Woher haben wir unsere Bilder?

Es gibt Musik, wo man auch geht und steht, es gibt laute Stimmen, es gibt Bilder überall, was sind das denn für Bilder? Von Geld, von telefonierenden Menschen, von Essen, das anscheinend nichts kostet, von Welten und Paradiesen für Betten und Möbel, aber nicht für Menschen, es wird geredet davon, dass man nicht mehr zu tun brauchte, als eine Nummer irgendwohin zu schicken, und alles wird einem abgenommen, nichts brauche man noch tun, den Rest machen wir für Sie, wo bleiben wir denn dann?

Alles soll so aussehen, als würde es einfacher und leichter.

Und dabei fängt man uns.

Die Bilder füttern die Menschen und machen deren Zeit. Was ist denn wichtig? Wo bekommt man Geld her, wo legt man es an, mit welchem Partner lebt man, bekommt man die Abwrackprämie, stirbt ein Sänger oder nicht, bezahlt man seine Versicherung, wandeln die Götter auf Erden, schenkt der Wucher der Welt Millionen, gibt es denn keine Liebe mehr, nirgendwo.

Derjenige, der unsere Bilder macht, bestimmt über das Leben, weil das Leben daraus besteht.

Der Blinde möchte gern Augen finden und mancher sieht und möchte erblinden.

Man hört, dass das, was man vor dem Tod vorbeiziehen sieht, Bilder sind.
    Wie ein Film.
    Machen wir sie selbst oder lassen wir sie machen?
    Wie viel davon haben wir denn selber erlebt.

Es wird auch versucht, sie zu machen. Das kostet Geld. Es ist teuer, Bilder in die Köpfe der Menschen zu setzen, damit sie dort bleiben, muss man sie nämlich immer wieder sehen.

Es gibt Kinder, die glauben, die Kühe hätten ein weißes Fell mit violetten Flecken.

Und wollte die Welt sich auch gänzlich verkehren
    und gelangte man über Verbrechen zu Ehren
    und gäb es ein Rettungspaket für die Banken
    und könnten die Menschen an Gesundheit erkranken

und wenn die Götter vom Himmel gefallen wären
und Schnulzensänger säßen auf ihren Altären
und würden Schauspieler die Welt regieren
und würd man gewinnen durch das Verlieren
und würden unsere Kinder von Fremden erzogen
und würde das Sterben den Menschen verboten
und gäb's Geld fürs Nichtstun und Geld fürs Vergessen
und anderswo auf der Welt gäb es gar nichts zu essen
und schenkte der Wucher der Welt Millionen
und müsst man die Leut vor sich selber verschonen
und wüsst man nicht mehr, ob man Weib ist oder Mann
ja, wenn das so wäre, was täten wir denn dann?

Was täten wir denn dann?

Die, die in den Bergen wohnen, wissen, dass alles immer anders ist, je nachdem, wo man steht, ob am Gipfel oder im Tal. Die Dinge sind dann andere, sie sehen nicht nur anders aus.

Wenn sich unsere Bilder nicht bewegen, bewegt sich unser Leben nicht.

Wenn wir sie nicht selber machen, können sie sich nicht bewegen, weil sie in uns eingebrannt sind.

Zwei Jungen fangen eine Katze und quälen sie und töten sie. Sie zerschlagen ihre Pfoten mit einem Hammer, verbrennen ihr die Schnauze, schlagen ihr Nägel in den Bauch, stechen sie mit dem Messer. In der Zeitung steht etwas von Mord. Die Bilder gehen nicht weg.

Auf der anderen Seite der Welt gibt es gar nichts zu essen.

Als sie die Jungen fragten, warum sie das getan hätten, haben sie gesagt, sie wollten es einfach ausprobieren. Sie wollten wissen, wie es ist, zu töten.
Und sie haben sie umgebracht und in den Bach geworfen, da hat sie gerade noch gelebt. Die Fotos davon kann man anschauen und es gibt Leute, die sie sich anschauen. Man hat sie gefragt, warum sie es getan haben. Die Katze ist tot.

Auf der anderen Seite der Welt verhungern sie.

Das Tier liegt auf dem Bauch in seinem nassen Grab und ist ganz still.
Die Menschen schleichen zu ihren Gräbern mit Bildern von diesem Leben und lächeln still.

Wir haben eine Idee von diesem Leben.

Es beutelt die Tiere und Menschen vor Schmerz und Unrecht und wir tun etwas dagegen, wir tun etwas dagegen.

Und vertrügen die Kinder die Milch ihrer Mütter nicht
    und gäbe es statt der Nacht nur Musik und Licht
    und würden die Pflanzen in der Luft wachsen anstatt
auf Erden
    und wenn die Kinder gar nicht geboren werden
    sondern nur herausgeschnitten aus dem Leib

und wäre die Haut nur vom Körper das Kleid
und hätten wir keine Welt mehr als nur unsere Bilder
und wären unsere Phantasien nicht mehr wilder
als in unseren Köpfen die Bilder
die haben aber andere für uns erfunden
und wir sind fast dabei verschwunden
und wir sind fast dabei verschwunden.

Wenn das so wäre, wir täten etwas dagegen.

Unsere Bilder müssen sich mit der Welt streiten. Und dürfen nicht aufhören.

Die Katze ist tot und die Bilder gehen nicht weg.

Die Menschen sterben auch, weil sie nichts zu essen haben, aber wenn wir kein Bild haben, denken wir nicht daran.

Die Bilder auf den Plakatwänden, aus dem Fernsehen, aus den Zeitungen, in den Köpfen, die machen unsere Welt. Und unser Leben. Was wir sehen, ist unser Leben. Und wenn wir nur fernsehen, ist das unser Leben. Dann wundern wir uns, dass wir sterben können.

Die Gehäuse der Schnecken, die Wirbel in den Haaren, die Windrosen, die Zeichnungen der Samen, die Kelche der Blumen, die Trichter der Vulkane, die Löcher im Sand, die aufplatzenden Knospen, der Tanz der Seele, wenn sie sich aus dem Körper herauswindet, die Meeresmuscheln, die jungen Keimlinge, die sich nach oben schrauben, die Lianen im Urwald.

Die Bilder machen Heilige und Sünder, Menschen und Unmenschen, die Bilder machen ein Ich.

Es gibt Gitter und Formen und schwirrende Worte und Bedeutungen und die schwirrenden Worte versuchen, in die Gitter zu passen, die in den Köpfen sind und sie haben alle verschiedene Formen.

Die Textur der Haut, die Wellen im Meer, das Muster, das der Wind im Sand macht, sind dasselbe.

Die Gewächse und die Tiere und die Menschen vom selben Boden sind einander ähnlich, weil sie der Boden ähnlich formt, das Licht ihnen eine ähnliche Struktur gibt, die Erde ihnen ähnliche Masse gibt.

Die verrenkten Gliedmaßen, die letzten und ersten Dinge auf Erden, die Kinder, die Kranken, die zwanzig letzten Menschen ziehen ihre Kleider aus, flechten ihre Haare ineinander zu einem großen Kreis, nehmen sich an den Händen, springen ins Meer und ertrinken.

Die Eisblumen an den Fenstern sehen aus wie Farne, die Schneeflocken wie Sterne, wenn der Schnee schmilzt, sickern die Sterne in den Boden und es wächst.

Was ist mit den Bildern in unseren Augen. Und den Ahnungen von den Ahnen.

In dem Moment, wenn die Öltürme zu brennen beginnen, die Kinder beinahe verhungern, die kranken Tiere sich hinlegen, die Bäume umfallen und die Feuer auszugehen drohen, machen wir aus der Welt einen Garten, in dem Moment, als wir schon dachten, es sei alles verloren gegangen.

Wo sind sie denn?

In den Fabriken, neben den Straßen, im Meer, auf der Müllkippe, im Wald, an den Felshängen, in Erdhügeln, auf Tellern, auf Friedhöfen, in Containern, unter dem Rasen, in Ställen, auf den Feldern.

Die nicht durch den Winter kommen, die Kranken, die zu Langsamen, die Unaufmerksamen, die Fetten, die zu Schwachen, die mit dem schönsten Fleisch, die in der Nacht über die Straßen laufen, die zu Kleinen, die zu Großen.

Die man essen will, die man den Göttern opfern will, die man übersieht, die man nie gesehen hat, die man nicht kennt, aus deren Fett man Lippenstifte macht, aus deren Fell man Kleider macht und Mäntel, aus deren Knochen man Leim siedet und Suppe kocht, die man beim Essen verjagt, die man züchtet, weil sie gutes Fleisch haben, die in der Hitze verenden, die auf Friedhöfen begraben werden, die, die Kinder unglücklicher Menschen sind, die, die man hätschelt, die auf den Fließbändern, durch den Starkstrom fahren, die an Ketten liegen und böse sind, die Treuen und Anschmiegsamen, die Lästigen, die, die in Körben verkauft werden, die, die man nach dem

Schlüpfen violett einfärbt, die in den Käfigen der Labore, die uns begleiten, die man einschläfern und zu sich in den Sarg legen lässt, die mit Königen begraben werden, die Gras fressen und Milch geben, die sich vermehren wie wild, die Einzelgänger und die Herden.

Neben der Straße liegen die Tiere ganz still da, verdreht, mit offenen Augen, manchmal kommt Blut aus ihrem Maul, manchmal ist das Fell abgewetzt, die Pfoten stehen noch am Boden, sie liegen in der Sonne und sie liegen wenn der Mond scheint, die offenen Augen schauen zu Boden. Sie bleiben liegen und das Fleisch fällt von ihren Knochen.

Wenn die Autos vorbeizischen, bleibt jeder stehen, weil es laut ist und schnell und gefährlich.

Vor dem Tempel fallen die Tiere um, man hat ihnen Blumenkränze umgehängt und alle jubeln und freuen sich, ihr Fleisch wird verteilt, mit ihrem Blut wird Segen gespendet.

In die Fabriken fahren sie auf Fließbändern hinein und das Fleisch kommt auf der anderen Seite verpackt heraus, wo sind sie denn hin? Menschenfabriken für Tiere.

Neben der Straße liegen sie, die Augen schauen zu Boden, ihr Kleid aus Fleisch löst sich von den Knochen und zerfällt, was ist das für ein Stoff, woraus sind sie gemacht, wo sind sie denn hin?

Auf den Almwiesen beginnt es zu regnen, eine Herde läuft ins Trockene, es blitzt, eines bleibt liegen, Rauch steigt zum Himmel, wo ist es denn hin, wenn es noch daliegt?

Was sie sich denken, vor was sie sich fürchten, was sie kaputtmachen, wen sie beißen oder stechen, wen sie beschützen wollen.

Ein Mann geht mit seinem Hund spazieren. Der Hund riecht etwas und beginnt, zu graben. Er findet ein Nest mit jungen Wühlmäusen und zerbeißt sie alle. Aber er frisst sie nicht auf, keines davon. Er wedelt mit dem Schwanz, während der Mann Nein Nein! ruft.

Ein Mann steht neben der Schnellstraße. Es zischt, wenn die Autos vorbeifahren. Er traut sich nicht auf die andere Seite. Es sind viele. Neben ihm läuft ein Hund auf die Straße. Niemand ist hinter ihm. Niemand jagt ihn. Er läuft und bleibt unter den Reifen liegen. Der Mann am Straßenrand ärgert sich und der Hund tut ihm doch leid. Wie ein Opfer, denkt sich der Mann. Der Autofahrer ist nicht stehen geblieben. Der Mann bleibt auch nicht da.

Auf der einen Seite fahren sie hinein und sind weg. Auf der anderen Seite kommt ihr Fleisch verpackt heraus. Wo sind sie denn hin?

Sie ziehen das Tier, von dem der Rauch noch aufsteigt, mit dem Traktor weg und die anderen Tiere schauen gespannt zu und wundern sich.

Aus den Opferschalen vor den Tempeln steigt der Rauch vom verbrannten Fleisch auf und die Ahnen freuen sich, weil sie jetzt wieder etwas zu essen haben.

Es ist etwas anderes. Wo sind sie denn hin. Wo schaut man denn hin.

Sind sie da, wo man hinschaut? Bleiben sie in der Fabrik? Bleiben sie am Talboden liegen?

Die Welt ist kein Raumschiff, die Welt ist der Boden, auf dem man steht, und wenn man in den Himmel schaut, sieht man nur die Hälfte der Sterne und der Mond ist immer rund, aber für uns nicht, und die Erde dreht sich um die Sonne, aber für uns macht die Sonne einen Bogen über den Himmel und über die Erde und er wird immer flacher, je später im Jahr es ist, und der Orion ist immer da, aber weil es im Winter so früh dunkel wird, sieht man ihn, und im Sommer nicht.

Neben einem Apfelbaum wachsen auf schwarzem Boden eine giftige Blume und eine Pflanze, die berauscht, und eine, die schleimige Wurzeln hat, und eine andere, die Fett hat.

Es ist alles aus der gleichen Erde. Runde Blätter, spitze Blätter, gebogene Zweige, gelbe Blütenblätter, Gifte, Öle, Milchsaft, Zucker, Fasern für Seile, wollige Fäden, schleimige Samen, Harz, das gut riecht, wenn es verbrennt, Fruchtfleisch, hartes, staubiges Mehl. Alles kommt heraus. Woher kommt es denn? Die Erde wird nicht leichter, obwohl so viel aus ihr herauskommt. Wäre es aus der Erde gemacht, würde sie doch leichter werden.

Man kann einen Teller Erde essen oder einen Teller Früchte, die darauf wachsen, wenn es nichts anderes ist, warum tut es dann etwas anderes. Die Erde ist dieselbe, die Samen fallen darauf und welcher Same es ist, entscheidet, was die Erde daraus macht.

Zackige Formen, harte Stängel, spitze Muster macht das Licht, wenn es in den Boden sticht, stachelige Formen, Strahlenkränze, Dornenkronen. Das Licht der Welt. In der Mutternacht, in der dunkelsten, längsten Nacht des Jahres, als alle schon dachten, es sei ganz verschwunden, wird es ganz tief unten im Boden geboren und alles wird wieder heller. Es ist das Licht der Welt. Alle Tiere kommen zu ihm hin und die Menschen auch. Das Tier hat eine Seele und der Baum keine eigene. Im Herbst atmet die Welt ein und der Wind weht über die Felder und es reißt die Pflanzen alle mit. Im Winter, alles steht still, weil die Welt den Atem anhält. Im Frühjahr atmet sie aus und die Tiere bekommen Junge und die Samen keimen und alles wächst. Zur Sommersonnwende hat sie ganz ausgeatmet und hält still. Die Tage werden dann wieder kürzer. Im Herbst werden die Tiere geschlachtet, die man nicht über den Winter bringt. Wir haben keine Zeit mehr. Sie läuft uns davon. Tut sie das wirklich?

Wohin laufen wir denn. Die Kinder kommen und gehen wie die Menschenseelen, sie gehen über den Trampelpfad der Milchstraße und über die Planetenleiter, und was ist denn die Zeit, wenn Kinder sie, bis sie eineinhalb Jahre alt sind, noch nicht kennen, sondern nur den Moment?

Eine Frau bekommt morgen ein Kind, einen Mann im Gefängnis bringt man morgen um, dann gibt es sie also doch, die Zeit? Oder gibt es sie nur, wenn wir wissen, was morgen ist? Also gibt es unseren Kopf. Was dort entsteht, ist Zauberei. Es macht das Gewebe der Wirklichkeit.

Ein Mann tötet ein Tier. Er sagt, es ist für die Götter, und er teilt das Fleisch auf und alle essen es und sagen, das Tier ist jetzt dort bei diesem Gott, dort ist es hin und hat sein Fleisch dagelassen als Geschenk für uns.

Eine Frau fährt mit dem Auto und eine Katze springt zwischen die Reifen, sie musste nicht springen, aber sie hat es getan und also war sie tot und schaut mit verdrehten Augen in die Sterne, wenn es Nacht wird. Und sie bleibt auf der Straße liegen. Die Frau sagt, als sie zu ihren Kindern heimkommt, ich glaube, ich habe heute eine Katze überfahren.

Wo ist sie denn hin? Sie liegt auf der Straße. Arme Katze, sagen die Kinder, was gibt es zu essen?, fragen die Kinder. Die Frau war vom Einkaufen gekommen.

Nur ein paar Schinkennudeln, sagt sie, wir müssen ein bisschen aufs Geld schauen.

Wo sind sie denn hin?

Nicht dass wir sie essen, nein, das nicht. Was denn?

Sie haben ja keine Seele, das steht in der Bibel, sagt eine Frau, sie haben eine unsterbliche Seele, sagt ein anderer; was auch wahr ist, sie gehen auf einer Seite hinein und das Fleisch kommt auf der anderen Seite verpackt heraus, das ist am Ende wahr, weil es passiert.

Die nichtvorhandenen und unsterblichen Seelen. Wo sind unsere Augen?

Es wird wärmer, weil die Toten nichts zu essen haben. Wenn sie von uns nichts zu beißen kriegen, machen sie ihre Arbeit nicht richtig. Und sie machen das Wetter und die Kinder und die Samen und deren Keime. Sie kommen, wenn Vollmond ist, herunter, im November, und schauen nach, ob zuhause alles in Ordnung ist.

Sie haben lange nichts mehr zu essen bekommen. Das letzte Mal, bevor sie gestorben sind. Wo sind sie denn hin?

In der Erde sind sie, in ihrem Bauch, aus dem alles herauskommt, liegen sie mit den Augen zu den Sternen und zum Mond und zu der Himmelsleiter, zum Trampelpfad der Seelen, der milchig schimmert, weil er schon so ausgetreten ist.
Wir essen, was aus ihr herauskommt und keine Erde, wir essen die Gräser und die Gemüse und Früchte und Lattich und die Tiere und Milch und Brot und Eier und Öl und Kräuter.

Wir essen keine Erde. Wir sind auf keinem Raumschiff im Weltall. Wir sind auf der Erde.

Wenn wir nicht essen, verhungern wir und unsere Ahnen auch, und wir wissen das und geben ihnen doch
nichts zu essen.

Stehen wir auf einer Kugel, wenn unter uns flacher
Boden ist? Auf den Sternenkarten ist die Erde rund, in
unseren Augen nicht.

Was ist denn wahr, was wir sehen und erfahren oder was
wir hören und lesen?

Womit füllt sich unser Bewusstsein?
Womit füllen wir unser Bewusstsein?

Die Tiere haben keine Seelen, die Tiere sind nicht keines Leides fähig, man darf sie lebendig aufschneiden zu
Zehntausenden, in den Laboren, in den Forschungsan-
stalten, man darf ihre Augen verätzen, man darf Fenster
in ihre Bäuche bauen, man darf sie mit Chemikalien verbrennen, ihre DNA aufschlüsseln und ihnen Beine und
Augen züchten, wo sie gar nicht hingehören, damit man
weiß, wie das geht und dass es geht.

Und es geht, es geht. Und es ist schwarze Magie.

In der Bibel steht, die Tiere haben keine Seelen. In Indien
sagen die Menschen, die Seele wandert durch viele Ge-
stalten und auch durch die Tiere.

Vielleicht sollte man genauer lesen. Vielleicht sollte
man selber lesen.

Und wenn man es gelesen hat, was tut man dann?

Dann tut man etwas.

Die Tiere sind aus dem Seetang gekommen, aus dem Meer, und die Tiere begannen, Eier mit harten Schalen zu legen, damit sie nicht zurück ins Meer müssen wie die Lurche und Kröten, das Meer ist jetzt in den Eiern und in den Bäuchen und es trägt die Kinder und die Jungen und wenn wir das Meer vergiften, sterben die Kinder in den Bäuchen und die Jungen in den Eiern.

In den Mistelbeeren, in den Eibenbeeren, in den Beinwellwurzeln, in den Eiern, in den Samenkapseln, in der Schädelkapsel, im Fruchtwasser.

Es ist das gleiche, es hält das Leben fest.

In den Lippenstiften, in den Sülzen auf den Tellern, in den Kapseln der Medikamente, in den Fäden, mit denen man Wunden vernäht, in den Süßigkeiten für die Kinder.

In die Fabriken fahren sie auf Fließbändern hinein und das Fleisch kommt auf der anderen Seite verpackt heraus.

Wo sind sie denn hin?

Viele Füße

Wenn man die Welt ernst nimmt, ist man verloren, deshalb nimmt man sie nicht ernst und ist trotzdem verloren.

Es wird uns beigebracht, die Welt nicht ernst zu nehmen.

Ein Mann ruft bei einem Unternehmen an und fragt, wo denn sein Geld bleibe. Sie hätten ihn doch benachrichtigt, dass er den ersten Preis gewonnen habe. Die Sekretärin am Telefon muss lachen. Man hat mir aber einen Brief geschickt, der war unterschrieben von jemandem, der Notar ist. Die Sekretärin am Telefon lacht noch lauter. Entschuldigen Sie, sagt sie.
Der Mann fragt, was ist denn los?

Unsere Tochter ist gut erzogen, sagt der Vater. Er lebt nicht mit der Mutter zusammen. Das kommt von deinem unermüdlichen Einsatz jedes zweite Wochenende, sagt die Mutter.
Da hast du bestimmt Recht, sagt der Vater.

Der Satz ist, wenn er ausgesprochen ist, seine eigene Falltür.

Sie sagt ihm nicht, dass sie sich freuen würde, wenn er ihr Blumen schenken würde.

Weil ihm dann die Lust dazu vergeht. Das weiß sie, darum sagt sie nichts.

Sie bekommt trotzdem keine Blumen.

Also sagt sie es doch. Und ihm vergeht die Lust.

Die Welt kann alles.

In einer Praxis für Alternativmedizin stehen Bilder und Statuen von Engeln, Buddha, Jesus, dem tanzenden Shiva, große Kristalle, bunte Tücher. Dort arbeiten Ärzte, Geistheiler, Akupunkteure, Priester, Schamanen, Krankenschwestern, Heilpraktiker, Schulmediziner.

Wir bringen Ihr Chi ins Fließen, wir balancieren Ihre Energie aus, wir therapieren Ihren Hormonhaushalt, wir entfernen Ihre Wucherungen endoskopisch, wir beten für Sie, wir reinigen Ihre Aura, wir stabilisieren Ihren Blutdruck, wir verbessern Ihr Karma, wir wärmen Ihren Unterleib, wir werten Ihr Blut aus, wir überprüfen Ihren Kreislauf, wir operieren Sie am Herzen, wir channeln Ihnen einen Engel, wir machen Ihnen eine Limpia, wir segnen Sie, wir heilen Sie, wir verschonen Sie vor der Welt, wir verschonen Sie vor der Welt.

Wir schneiden Sie auf, wir fummeln an Ihrer inneren Uhr herum, aber keine Angst, Sie werden es nicht merken.

Wir knüpfen Ihre Knoten auf, entspannen Sie sich, lehnen Sie sich zurück, inzwischen regieren wir die Welt.

Inzwischen regieren wir die Welt, vor der wir Sie verschonen.

Schlingpflanzen, fleischfressende Pflanzen, Nachtschattengewächse.
Offene Schädel, Wucherungen, Sätze und Schablonen, Knochenmark.

Ein Liebespaar streitet sich. Aber nicht miteinander.
Sie streiten mit früheren, mit anderen, die gar nicht da sind.
Aber sie schreien sich an.
Du meinst nicht mich, sagt sie. Du meinst auch nicht mich, sagt er.
Sie schreien weiter.

Du sagst nie zu mir, dass du mich liebst, sagt der Mann zu seiner Frau.
Ich liebe dich, sagt sie.
Das ist jetzt komisch, sagt er, das wollte ich nicht.

Der Satz ist, wenn er ausgesprochen ist, seine eigene Falltür.

Ein Mann geht durch die Straßen und ärgert sich. Er beginnt, vor Wut vor sich hin zu reden, ein alter Bettler hält die Hand auf und sagt, ein bisschen Kleingeld vielleicht

... Der Mann öffnet seine Brieftasche, hat nur einen sehr großen Schein, drückt ihn dem Bettler in die Hand und schreit: Da hast du!

Danke, sagt der Bettler. Der Mann ist schon lange weitergegangen.

Die Welt ist logisch. Sehr logisch.

Sie brauchen sich keine Sorgen zu machen, lehnen Sie sich zurück, wir regieren inzwischen die Welt und Sie. Sie werden es gar nicht merken.

Und es tut auch nicht weh. Dafür haben wir 36 Kanäle.

Nichts tut uns mehr weh.

Wir lassen uns heilen. Wir lassen uns von jedem heilen und von allem.

Wenn uns nichts mehr wehtut, sind wir geheilt.

Wenn uns nichts mehr wehtut, reiben wir die leere Stelle zwischen unseren Beinen und reiben.

Die Welt ist verrückt, schreit eine junge Frau in der Psychiatrie, verrückt geworden, absolut verrückt! Ihre Handgelenke bluten und ihr Bein ist verdreht und gebrochen. Das müssen wir operieren, sagt der Oberarzt, gebt ihr etwas, damit sie sich beruhigen kann, und dann bekommt sie gleich eine Narkose, damit wir operieren können.

Nein, schreit die Frau, keine Narkose, keine Narkose, wenn ihr mich aufschneiden wollt, schneidet mich auf, dann schneidet mich auf, aber keine Narkose!

Sie steht neben sich, sagen die Ärzte, wir müssen sie beruhigen. Das sieht ja schlimm aus, das müssen schreckliche Schmerzen sein.

Nein, sagt die Frau, ich will mich nicht beruhigen.

Die Welt ist verrückt geworden und ihr sagt, ich soll mich beruhigen! Warum regt ihr euch nicht auf, schreit sie, wenn ihr das alles seht, warum regt ihr euch nicht auf?

Sie bekommt eine Spritze und beruhigt sich. Sie bekommt eine Narkose und man operiert ihr kaputtes Bein und näht ihre zerschnittenen Gelenke und stillt die Schmerzen.

Wir reiben uns die leere Stelle wund und wundern uns. Wir rubbeln uns am anderen ab, aber uns wird nicht wärmer davon.

Die Kinder sehen und hören ineinander verschlungene Körper und wollüstige Münder und blanke Haut und wenn sie alt genug dazu sind, prügeln sie auf den Straßen gemeinsam Leute tot.

Kein Gewehr in der Hand und kein Messer, aber Stöpsel in den Ohren, Musik, Telefone, Slogans in den Köpfen, virtuelle Kämpfe und auf einmal vor ihnen ein Mensch. Er ist tot. Und wie schaltet man das jetzt ab?

Das ist alles nur, weil die Leute keinen Gott mehr haben, das ist, weil sich die Schwerpunktachse des Planeten verschoben hat, das ist, weil der Mensch dem Menschen ein

Wolf ist, das ist, weil der Frühlingspunkt des Himmels nicht mehr im Widder liegt, das ist, weil der aztekische Kalender 2012 ausläuft, das ist die Apokalypse, das ist, weil die Menschen nichts von ihrem Energiekörper wissen, weil die Körper langsam degenerieren, das ist, weil wir zu wenig beten, das ist, weil kein Geld für die Wissenschaft da ist, weil Fernsehen dumm macht, das ist, weil wir uns zu wenig um die Kinder kümmern.

In den Köpfen ist das alles wahr. Was ist auf dem Boden wahr?

Eine Schriftstellerin liest ein Stück und analysiert die Figuren und sagt zu ihrem Mann, das sei alles sehr feinfühlig gemacht und sie bewundere, wie sensibel die Menschen im Stück miteinander umgehen, und sie bewundere den Autor und habe selbst großes Talent für Nuancen und die verschiedenen Gesprächsebenen und das geschriebene Wort.

Ich habe uns etwas zu essen gemacht, sagt der Mann.

Ich habe dich schon zweimal gerufen, aber du hast mich nicht gehört, weil du so vertieft in dein Stück warst, sagt er. Und jetzt ist es kalt.

Ich mag dieses beleidigte Getue nicht, sagt sie zu ihm.

Aber du hast mich wirklich nicht gehört, sagt er.

Dann weiß er nicht mehr, was er sagen soll.

Die Menschen haben Werkzeuge. Sie haben Hämmer, Sägen, sie haben Hacken und Sensen.

Sie schlagen Nägel in Holz, sie fällen Bäume, sie spalten das Holz, sie mähen das Gras.

Sie haben aber noch andere.

Ein verliebtes Paar fährt in der Nacht mit dem Auto nach Hause. Die Frau fährt und die Polizei hält sie auf. Sie sagen, sie sei viel zu schnell gefahren.

Sie beginnt zu weinen.

Sie sagt, das habe ich nicht gemerkt, es tut mir leid, aber ... aber das hat mir heute eben noch gefehlt. Es war ohnehin schon so ein schlechter Tag. Aber entschuldigen Sie, sagt sie, da können Sie auch nichts dafür, also, wie viel muss ich denn bezahlen?

Ach, ist schon gut, sagen die Polizisten. Aber fahren Sie langsamer, das ist gefährlich, besonders in den Kurven.

Vielen Dank, sagt sie.

Als sie losfahren, strahlt sie und sagt, das war doch gut oder?

Und lacht.

Ja, sagt er unsicher. Wir mussten gar nichts bezahlen. Kannst du das einfach so?

Sicher, sagt sie, da ist doch nichts dabei.

Als sie sich einmal streiten, beginnt sie zu weinen, weil er etwas Böses zu ihr gesagt hatte, und er wird aber nur noch wütender und lauter und schimpft.

Hör auf, sagt er, das kannst du dir sparen.

Das war wirklich gemein von dir, was du gerade gesagt hast. Warum bist du jetzt so wütend?

Sie hat einen Hammer, aber sie schlägt damit nicht immer Nägel ein.

Eine junge Frau bekommt ein Kind von einem Mann, den sie kaum kennt, und zieht es groß. Es ist schwer alleine, sagt sie, wenigstens bekomme ich Geld von ihm. Sie hatte ihre Ausbildung noch nicht abgeschlossen.

Wenn es schon so viel Arbeit ist alleine mit dem Kind, dann mache ich wenigstens das, was ich wirklich möchte.

Sie geht auf eine Tanzschule. Dafür braucht sie Geld vom Vater des Kindes.

Er gibt es ihr und sagt, ich weiß ja, dass es viel Arbeit ist.

Und sein Gewissen quält ihn ein bisschen.

Sie macht die Tanzschule nicht fertig.

Er nimmt sich ein Herz und fragt sie, was sie jetzt machen wolle.

Ich ziehe unser Kind alleine groß, sagt sie, da muss ich mich nicht auch noch respektlos behandeln lassen.

Ich wollte ja nur fragen, wie du dir das vorstellst, mit einem kleinen Kind und ohne Arbeit und ohne Ausbildung.

Mach dir bloß keine Sorgen, sagt sie.

Soll ich es zu mir nehmen?, fragt er. Dann kannst du die Tanzschule vielleicht fertig machen.

Nein, sagt sie. Ich merke sehr gut, wenn jemand nicht gut für mich ist und meiner Entwicklung im Weg steht, sagt sie zum Vater des Kindes.

Sie hat eine Säge und fällt Bäume damit und weiß es aber nicht.

Ein Mann will Rechtsanwalt werden, fährt mit seinem Auto nach Hause und telefoniert gerade, als ihm ein Kind vor die Reifen springt, und er kann nicht mehr bremsen und er überfährt das Kind. Im Schock tritt er aufs Gas und rast davon. Er bleibt vor einem Lokal stehen, betrinkt sich und fährt danach zur Polizei. Ich habe ein Kind überfahren, sagt er. Sie sind ja total betrunken, sagen die Polizisten, ein Arzt muss kommen und ihm Blut abnehmen. Er wird für den Zeitpunkt der Tat für nicht zurechnungsfähig erklärt.

Er hat eine Axt und weiß es genau und er hackt Holz damit.

Einige Menschen verschwenden das Geld der ganzen Welt, gehen dann zu der ganzen Welt und sagen, jetzt müssen wir zusammenhalten, wir sitzen alle im gleichen Boot.

Sie haben eine Sense und sie mähen alles nieder und wissen es ganz genau und mähen trotzdem weiter.

Die Werkzeuge sind Werkzeuge und meinen es nicht böse.
Die Menschen sind Menschen und benutzen sie und sie wissen, was sie tun.
Manchmal wissen sie auch nicht, was sie tun, benutzen sie aber trotzdem.
Was davon ist schlimmer?

Da ist einfach nur ganz viel Liebe, sagt die junge Frau, nachdem sie ihr Kind auf die Welt gebracht hat. Sie hatte einen Kaiserschnitt gebraucht, weil es so groß war. Der Vater hat schon zwei Kinder, sie hat schon vier und das ist jetzt das fünfte Kind, aber das erste gemeinsame. Es gibt Schwierigkeiten wegen der Vaterschaft, weil die Frau noch rechtsgültig verheiratet ist und aber schon lang nicht mehr mit ihrem Mann lebt. Trotzdem würde er als Vater des Kindes gelten. Man muss einen Rechtsanwalt bestellen, das kostet viel Geld und es sind andere Kinder da, die versorgt sein müssen.

Ich spüre es, sagt die Mutter nach der geglückten Entbindung, dieses Baby, dieser kleine Junge macht alles gut.

Ist das nicht ein bisschen viel verlangt von einem Neugeborenen?

Wir möchten aber gerne noch ein Mädchen zusammen haben, sagt sie und der Vater freut sich. Kinder sind etwas Wunderbares, sagt er.

Ich wollte immer viele Kinder.

Ich auch, sagt die Frau.

Ich habe sie vom ersten Moment an geliebt, sagt der Mann.

Wir sitzen alle im gleichen Boot.

Die Welt steht auf vielen Füßen.

Ist die Katastrophe die Aufgabe oder das Resultat der Lösungsversuche?

Schreiben wir nur Protestbriefe, wenn wir unglücklich sind, oder kaufen wir uns Bücher oder suchen wir in unseren Computern nach Leuten, die auch unglücklich sind?

Oder nehmen wir unsere Hacken, unsere Hämmer, unsere Sensen und unsere Äxte und graben den echten Boden um und schneiden echtes Holz und spalten echte Stämme und fällen echte Bäume und bauen echte Häuser?

Ist nicht glücklich zu sein gleich eine Depression?

Dürfen wir nicht traurig sein, ohne die Traurigkeit zur Krankheit zu machen?

Gibt es noch Fehler, die keine großen Erfahrungen sein müssen, sondern einfach Fehler?

Begreifen wir die Welt noch ohne Programm?

Zwei Mütter trinken Kaffee zusammen und reden über ihre Familien. Ihre Kinder haben miteinander bunte Laternen gebastelt und wollen in der Nacht mit den anderen Kindern zum Umzug gehen. Ich habe einen Leuchtstab gekauft für die Laterne, sagt die eine Mutter, weil ich nämlich schlimme Sachen gelesen habe von abgebrannten Laternen und versengten Wimpern, das ist mir einfach zu gefährlich. Mir ist als Kind auch einmal die Laterne abgebrannt, sagt die andere Mutter, ich stand daneben und habe laut geweint. Dafür habe ich zu Weihnachten den Christbaum nicht angezündet. Vielleicht gibt es ja auch deswegen sechs Wochen vor Weihnachten einen Laternenumzug, sagt sie und lacht.

Als sie zum Umzug gehen, haben einige Kinder Leucht-
stäbe in den Laternen, die anderen haben brennende
Kerzen. Sie gehen langsam und müssen Acht geben, dass
sie die Laternen gerade halten, weil sie sonst zu brennen
beginnen können. Die Kinder mit den Leuchtstäben sind
ausgelassen und schütteln die Lichter in ihren Laternen
und hauen sie sich gegenseitig über die Rübe.

Sie müssen nicht aufpassen.

Damit man die Welt begreifen kann, muss man sie auch
anfassen dürfen.

Stumpfe Messer, stumpfe Scheren, kein Feuer, Knie-
schoner, Helme, Sicherheitsanzüge, Kindersicherungen,
Händewaschen wegen der Grippeviren, keimfreie Zelte,
Allergien, Wolkendecken, Gummizellen.

Um die Welt zu begreifen, muss man sie anfassen dürfen.

Inhalt

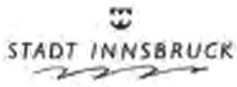

Gedruckt mit Unterstützung durch die Kulturabteilung des Landes Tirol und die Kulturabteilung der Stadt Innsbruck.

ISBN 978-3-7082-3282-9

© 2010 by Skarabæus Verlag Innsbruck-Bozen-Wien in der Studienverlag Ges.m.b.H., Erlerstraße 10, A-6020 Innsbruck
E-Mail: skarabaeus@studienverlag.at
Internet: www.skarabaeus.at

Buchgestaltung nach Entwürfen von Kurt Höretzeder, Büro für Grafische Gestaltung, Scheffau/Tirol
Umschlag: Kurt Höretzeder
Umschlagbild: Margit Aschenwald, „Fernes Ziel" (Pastellkreide auf schwarzem Tonpapier, 2001)
Satz: Skarabæus Verlag/Roland Kubanda
Lektorat: Skarabæus Verlag/Dorothea Zanon
Gedruckt auf umweltfreundlichem, chlor- und säurefrei gebleichtem Papier.